散場遊戲

◉李芙萱／著

聯合文叢
759

目次

【序】
大人是童年遊戲的延長賽

甘耀明／小說家

散文書寫在臺灣是大宗表現，童年生活乃至年少記憶，是作家常常爬梳的田園，從琦君、林海音、林良等都端出佳作。他們記憶超強，將事件背景、氣味與對話歷歷還原，復刻舊時光，這技術令我難以望其項背。另外有些散文家將童年經驗，視為人生必須處理的地雷區，拆除（或是繁複跨過）無解的家庭糾葛，讀來驚心動魄，想必這樣寫不只需要文學技術，還要勇氣。閱讀這些排雷散文，令我萌生某種僥倖，好在我是寫小說的，只需要偷渡自我，不必用力曝光。

年少過往，向來有不少小說家戮力耕耘，向壁虛構往事，不知幾回。中國作家蘇童把「香椿樹街」的年少夥伴寫了幾輪，臺灣亦不少小說家善寫年少，用意為重整自我。以小說文類書寫年少，不少小說家的書寫策略如我所言，這是好的煙霧彈，可虛可實，可擋可遮，任君發揮，小說家處理過往是對時間之顛覆，對現實的復仇或重整，李芙萱的《散場遊戲》或許有幾分這種味道。

《散場遊戲》的作者李芙萱，是我東華大學創英所的同學。那屆有幾位小說人才，比如臺大中文系的應屆生劉俊輝，年紀輕輕出書。現今從事「薩提爾」心理治療模式的李儀婷，在碩班時拿下不少大型文學獎。再者如李芙萱，以臺大歷史系身分，進入創英所就讀，隔年旋即出版小說《人間戀慾》，令人驚豔。畢業多年，我與碩班同學鮮有聯絡，往昔鯉魚山下的東華生活點滴，雲嵐、陽光與蒲葵樹，仍鮮明如斯，爾今讀《散場遊戲》大抵也是這種心情，小說的畫面浮躍不已，敏銳清澈。李芙萱說，此書是多年前未出版的舊作潤修，然小說味在讀後仍繚繞不去。尤以〈躲貓貓〉此篇，她將本名貼用在主角，看似將她這幾年來的轉變、病痛與治療，融入小說中，身為讀者的我，隱約窺視同窗的生命故事。「這只是小說家的煙霧彈，可虛可實，可擋可遮，任君發揮。」我這樣告訴自己，並回歸到閱讀常軌，純粹以讀者奔馳下去。

《散場遊戲》，顧名思義，生命散戲後的擺盪。地點在臺北某處「中山堂廣場」，有群經常麕聚的鄰近玩伴，玩的是現今不插電遊戲，大風吹或踩影子，樂得酣暢，然而童年遊戲散場後，星散的主角各自發展，各自東西，不時惦念那個命運起點的廣場，曾爆發的衝突或傷害。癒合的疤痕成了牢附心靈的頑癬，不碰則已，稍有抓觸，隨即引起神經過敏式猛抓止癢，直至血痕纍纍。童年創傷，如何錨固個人心靈，並形塑成年人格，這套心理學解釋很多，坊間論此的書籍不知凡幾，我不在這贅述，而《散場遊戲》隱約也是這味，心理學與文學的處理方式不同，後者書寫是還原或再現更多生命情境，頻頻回顧，更令人不忍。

《散場遊戲》由十篇小說組合，每篇控制在八千字左右，各篇看似獨立，閱讀到末兩篇〈同學會〉、〈玻璃眼珠女孩〉不免看見李芙萱匠心獨具，她將前頭謀篇而「散場」的那群兒時玩伴，最後在「傍晚中山堂，夕陽擲下一圈圈鎏金光環，我們一叢鄙野的毛頭」齊聚；抑或他們在〈同學會〉聚會，無論自揭瘡疤或是和解，這九位有名有姓的主角（排除第十篇以「我」敘述），拖著過往影痕的人，已不再童年，坦露的人生卻讓各自更趨誠懇。這種循環結構並非罕見，《散場遊戲》處理得宜，閱閉掩卷，人物仍繚繞不去。

除了上述的外在循環結構，深究《散場遊戲》每篇小說，還有內襯設計，即處理記憶與現實的雙邊衝突，類似DNA由兩股捲繞的結構。這種設計，是時間主軸前行中不得不的副齒輪逆轉，藉以吐露主角內心的擾動狀態。小說插敘，或是進入角色記憶核心挖索，翻箱倒櫃式刺探，是現代小說的重要內建技術，這種非線性敘說使生命金屑在時間激流中沉澱。首篇〈大風吹〉是照此結構寫出的生動作品，一條線是寫駕訓班教練謝展鴻，巧遇當年在高中天文社的心儀女孩，迸出異色生香。另一條是謝展鴻回溯他對女孩的情愫。這兩條時間經脈，彼此交織揉雜，重沓複唱，使往昔幾近脹裂的單純情感，在成年赤裸裸的飲食男女中，變成聊以慰藉的寂寞遊戲，這無關道德，是時間沉澱的反饋，酒與醋之差別。

招式慎防用老，得蘊含很多種變化，〈影子情人〉是上述結構的變異。李芙萱《散場遊戲》善用十種童年遊戲為喻，生命中總是盪漾著大夥玩大風吹、躲貓貓、竹蜻蜓等的歡樂聲，〈影子情人〉單純以踩影子為象徵，去踩踏他人影子也易被人奪蝕自己影子（靈魂），這篇巧妙之處是將時間拆分為二，一是大樓警衛李俊樟與某老闆的情婦偷情，另一是倒敘事件始末，這兩條漸漸匯聚，在大老闆的介入下爆發衝突。這篇初讀有些捉摸不清楚時序，細讀之後，不得不驚嘆作者的經緯筆法，處理得好。

小說只談技術，好像面對滿桌菜色，拿著筷子空談。《散場遊戲》色香味齊全，語言特色明顯，出自曾任廣告文案的李芙萱之手，有時如詩，有時如夢，有時如語言實驗室端出來斑斕色彩，作者自上本小說《旋轉摩天輪》便流動如此的語言能量，我不再贅述。我得要說的是，這本小說自有其動人之處，這是光靠技術與語言無法抵達，得從個人稟賦對生活的體悟，我最喜歡的是〈傢俱〉與〈玻璃眼珠女孩〉，這是各自獨立的十篇小說裡，角色能跨接發揮的兩篇。那位眼睛被哥哥的竹蜻蜓刺瞎的小女孩蔡淑如，從此讓家庭關係塌陷內疚，她亦成為同伴遊戲裡的某種黑洞傷口。我反覆咀嚼，恍惚捉摸，不是《散場遊戲》反覆出現近二十次的字眼「彈珠」與「玻璃珠」，在這裡找到意象指涉，而是蔡淑如，這位嵌入義眼的女人，無論她的過去或未來，被李芙萱寫活了，寫明白了，寫出淚水歡笑，幾欲從字裡行間走出來，就在我身邊，蔡淑如已是我童年友伴，一位曾經在巷口遊戲的身影而今安在哉？這是讀《散場遊戲》的最大幸福，它幫我召喚與安魂了。

李芙萱從上本小說《旋轉摩天輪》到《散場遊戲》，花不少筆墨處理童年時光，於她而言這是「罩著一張膜似，飽脹一股氣」的記憶，與其說重新檢閱，不如說是召魂與除魅。生命的時間是前行，輕舟已過萬重山，但記憶要刻舟求劍，惦念的不是遊戲，而是不忍那些人事物消散，以至於童年總無結束，它只是進入延長賽，成年人只是裝著童年創傷的皮囊行走。《散場遊戲》沒有散場，李芙萱用小說續命，或許對她而言，這才能航向另一個渡口，並留下《散場遊戲》給予讀者美好的閱讀經驗呢！

獻給兒時玩伴

大風吹

才進門，鞋還來不及脫，他便將她重重摜壓牆上，鉗住兩隻蒼瘦的手腕，厚燙的唇肉熨壓她薄涼的胸脯上，喘著大氣，嬰兒索乳般含緊脹紫的奶頭，把自身襯衫最末一枚釦都給扯落。燈光似鬼火晃動，浴室水龍頭滴漏，泛黃的水仙花壁紙滲出一股陳年霉臭，她半仰頭，像一顆正熔燒噴流的星燃放最後的火花，眼睫微微翕動。

瞬間就噴發殆盡。完事後，他枕著雙臂平躺，任脂肉鬆懈橫溢，陰莖像哀絕的小獸歪垂蔓草間，眼睜睜盯著空無一物的天花板瞧，好似那裡有張縱橫交錯的星象圖。她則側捲著被，嘴裡吐出一縷荒煙，望向窗外發紺卻一顆星也無的夜空，夾著菸的手腕部盤爬數條青筋小蛇。他們在身體擘分後便再無瓜葛，思緒各自運行宇宙，唯一交集是愈發感覺整個房間淋過雨般溼沉，擰得出水來。火似乎在更早前就消滅，某個瞬息熔斷了保險絲，一片戛然，只剩水聲滴漏，爾後的激情都行禮如儀得像作戲。

亮晃晃的教練場，豔陽不留餘地翻覆，水泥竄著熱氣，草坪也讓高溫烙焦，場上龜行或怠速中的車鋼板都給熔軟了。謝展鴻從接待中心走出，低頭步向其中一臺教練車，敲開車窗，探身囑咐幾句，又鉗緊一對心事重重的濃眉往回走。場邊鐵鏽的自動販賣機旁，一個穿白 T 牛仔短裙、肩著水桶包的女孩踮腳向他揮手，彷彿日系運動飲料海報上的女模特綻出兩枚稚氣虎牙，夭夭日頭下唯獨她臉上毫無懼色。那是他下一堂課的學員，剛指考完待放榜的準大生。

他鑽進車，坐上副駕，伸手撥動空調百葉。

「請笑納。」女孩雙手奉上涼飲。

「這算束脩，還是賄賂？」他故意板起臉。

「哈，都不是，」對方搧著手，小虎牙賊笑。

「給教練降火氣的。」

經過兩天自主訓練，反覆操練慢速前進和直角轉彎，身旁這第一堂實駕課就險些把車開上安全島的初學者，總算能平穩地掌控方向盤。

「教練，不知道是興奮還是緊張，我現在手心狂冒汗……」

簡直像小孩玩大車整個人塌縮駕駛座，三天前，初試身手的女孩顫聲說著同時目光灼爍。未料話才出口，整臺車忽地斜衝，燠悶午日思睡的他恍惚驚起，一個反手，幾乎本能地回過方向盤並踩下副煞。

「是在考驗教練的膝反射嗎？」他驚魂甫定，沒好氣說。若以星體比擬，對方無疑是顆超新星，爆炸瞬間輻射出的光度與能量相當太陽或普通恆星一生的總量。只見她瞠大眼，吐不出個字，似乎也為猝然失控的局面驚愕萬分。

約莫一座棒球場大小的汽車教練場由兩個車道組成，四周植滿被推剪成平頭的百慕達草，這種草喜強日照，耐踐踏也足夠柔韌，在不那麼熇熱時節，放眼一片綠絨絨頗為清幽。外圈車道主要用以練習停等紅綠燈及平交道、直線加速與轉彎、上坡起步和下坡減速等基本功，內圈車道則為進階版，劃分路邊停車、倒車入庫及S型彎道等三大技術專區。

「現在從頭再順一遍，邊聽邊記。」

火傘高張，後方教練車且大排長龍，師生倆頭皮都汗溼了，謝展鴻耐著性子逐一分解動作。

「先將雨刷束線帶對齊道路中線，打R檔後退，退到擋泥板和地上的圓圈記號對齊，然後方向盤往右打一圈半，倒到車子和路邊的藍白標竿呈水平，就把方向盤回正，繼續倒到左邊門把進白線，這時再往左打一圈半……」

「啊不行、不行，又亂掉了！」學生抱頭哀號。

車廂窄仄迫使生疏的兩人過分親暱，不安的密閉空氣，陣陣輕甜微澀的髮香和著汗香隨女孩舉手投足浪開，像一枚迸裂的野莓果實，那是青少女獨有的氣息。

他仰天長歎，開瓶汽水一飲而盡。凡事就差那麼點天分，不巧也是左右全局的關鍵。對駕訓班強記硬塞的口訣他向來嗤鄙，那一套充其量只能應付考試，所謂手感或方向感這回事，苦練不來，抉擇當下多數得憑直覺判斷，甚至經驗也無法補位，尤其在真正上路後。

「多幾次練習，自然會找到訣竅。」他也像在安慰自己地說。

下過一場午後陣雨，暑氣頓消，謝展鴻繞著外環道漫步一周。教練場設置了各種模擬實境的行車場景，有交叉路口，也有狹橋、曲巷和緩坡，沿途並劃有車道、斑馬線、停車格、閃燈等標線號誌，叮叮噹噹響，十數臺教練車循週期性軌道緩速運行，猶如一副次序井然的天體模型。雨後草皮變得鬆軟，踩踏間，軋出淡淡一股新鮮爛泥和著草莖的腥甜，那自然野香，以及那青少女，再次翻耙他大腦嗅球幾乎煙飛星散的氣味。

巡視完，他蹭了蹭鞋底的泥，鑽進自用車駕駛座，發動引擎，半晌，未放下手煞，只怔怔望向前方讓雨刷刮淨的闊藍天際。副駕手套箱放著費勁翻抖出已毛邊舊黃的星座盤，這幾日只要閉上眼，整副浩繁星系又開始在黑暗靜寂的腦海中緩速爍轉開……。將星座盤撥至某月日時刻，便能呈現當時星空的樣貌，而有些記憶因再不曾聞見，被永恆埋葬腦海深處，一旦又受氣味誘發將使人情緒化，他感受到那情緒的浪，卻難以聚合確切的影像。過往種種情懷是如此失實，既喪失了距離感也喪失空間感，淡褪得像已然遁遠的星。

那年他升高三，念的是私校，每天荷著過度膨脹的書包、頂著讓推剪咬見頭皮的寸頭，來回學校住家間，與其說被大考壓得喘不過氣，不如說為這日復一日的無盡迴圈身感困頓。家裡開中藥鋪，日夜薰著五味湯藥，和著七月的稠濁溽暑，令人加倍氣躁。身為獨子且先天體質欠佳的他少有同伴往來，休假便整天鎖房裡，爬讀堆疊成山的參考書，對未來無所知，日子就像那一帖帖方劑苦悶煎熬。

時序進入大暑，似乎打熱浪強襲那天起，電視臺開始密集播報一則寰宇新聞，指稱該年年底，久違的哈雷彗星將再度造訪地球。如超級巨星預計展開地球巡演，此一消息頓時在世界各地炸裂，俄法等國甚至發射五架號稱「哈雷艦隊」的太空探查器進行追蹤，不僅吸引大批天文迷追星，老百姓也為之騷動，茶餘飯後總跟風熱議幾句。這百年天文盛事，對彼時人中不斷炸出短鬍滓、臉上爆出數顆頑強青春痘的謝展鴻來說，似乎也被一股莫名的引力牽曳，生活意外迸濺幾許火星。

他因此加入學校天文社，還煞有介事添購各種入門觀測工具，課業被棄置一旁，熱衷起哈雷彗星的相關研究。雖說是唯一能以裸眼從地球直接觀看的短週期彗星，也得繞行超過百億公里路程、時隔七十六年之久始告回歸，活得夠久一生可能相遇兩次，絕多數一旦錯失就是永遠，連當初估算出它週期性軌跡的愛德蒙·哈雷本人也無緣親眼驗證。

具體說不出是什麼掖在胸口，約莫那種錯過不再的決絕令他神往，彷彿為自己在這世上黯淡無奇的存在添綴了幾筆光暈。逢假日，只要是清朗的傍晚，他便攜著星座盤、指南針、手電筒和記錄簿，肩著一副七倍率雙筒望遠鏡，獨自搭一小段公車，喘吁吁攀上圓山飯店後山步道，在一片黑湛湛的夜空銀河裡練習記錄星軌，指認點點星蹤。

直到女孩偶然撞入他眼底。正如夏夜繁星滿空，總有那麼一兩顆特別扎眼，一閃一閃發送幽遠神祕的光。對方是初來乍到的小高一，開學後首次社團成果週擺攤活動上，和學伴瀏覽至攤位，愈加熇熱的九月天，鬧擠人潮裡，他一眼便注意到她，心底倏忽讓火柴給擦亮。女孩紮著馬尾，剪著齊眉瀏海，目光清鑠，鼻翼兩側潑濺點點淺駝色雀斑宛如疏散星團，看著看著便緩緩爍轉了開，他感覺一陣目眩神搖。

「這就是哈雷彗星？」

女孩秀長手指按在圖鑑上一枚掠過天際的潑白煙霧彈。他猛回神，正待答覆，對方挑起右眼眉尾又接著說：

「果然長得像一支掃帚呢！」她掩著嘴，和學伴嗤嗤竊笑。

「那部分叫彗髮，彗星的頭髮。」謝展鴻毫不介意，興沖沖比劃：

「彗星就好比一團髒雪球，由冰晶、宇宙塵埃和甲烷等氣體組成，原本冰凍在遙遠寒冷的外太空，後來受路過恆星和銀河潮汐的攝動，而進入太陽系內圍，在每次回歸接近太陽時因遇熱強烈揮發，核心物質就會像噴泉噴發氫雲，氫原子組成的雲，形成彗髮，然後在太陽風吹拂下拉出十分壯觀的彗尾，可長達數千萬甚至一億公里，像這樣……」

女孩楞睜聽著，半晌，面露難色甩了甩馬尾，熱氣中一綹彗絲輕飄柔盪。她為他口中描摹的景象眩惑，那過於邃深壯闊超乎自己微渺人生所能理解，裡面似乎龐雜著混沌世界、生命初始、天體運行……等艱澀的宇宙奧祕，以及某種難以言書的幻麗。

「只要加入天文社，就可以用專業的望遠鏡觀測哈雷彗星。」除了天文大百科，桌上還擺著星圖、高精密指南針、天文望遠鏡等道具。

「方向感很差的人也可以嗎？」

「多幾次練習，自然會找到訣竅。」

像一趟又一趟艱鉅且孤寂的長途跋涉，從休眠狀態中甦醒的彗星受太陽引力牽曳，展開在太陽系至海王星外圍間的迴圈旅程，並在通過近日點時燃放部分自體，為地球上的人所窺見，待繞過太陽，又循既定軌跡回返漆靜的寒凍地帶，遁入無人知曉的所在。

「你想哈雷彗星有可能撞上地球嗎？」她忽抬頭問。

以往每週三午休，謝展鴻會獨個留守社辦處理圖書和器材出借，自女孩加入天文社，三不五時探頭門外，拎著便當來作伴。不過兩張辦公桌大小，與眾社分踞地下室的破陋社窩，電風扇嘎吱嘎吱吹送著陳年霉臭，身體感覺莫名溼沉的兩人，時常重力塌縮在髒舊的懶骨頭裡，漫不經心翻著書櫃上的大部頭，消磨溽暑。不像夜空中的眾星按四季規律變換，可繪出星圖、組成星座，超乎尋常且軌跡莫測的彗星就像名闖入者，自古來總被貶為災厄之星，預言著世界末日。

「不會，」他依然深陷暑熱，頭也沒抬地說：

「即使它們最靠近的時候也相距至少一千多萬公里。」那噴揚空中讓紫外光漂藍的離子尾，他打了個比方：就算死命伸長手，連一根頭髮也搆不到。

「這麼遠吶？」

她仰望天花板日光燈，瞇著眼喃喃。雖然對一千多萬公里究竟有多遠毫無概念，已然喪失距離感，簡直和橘子一斤幾顆同樣難以掂量，她形容，「但聽起來好哀傷啊……」看似鬧擠的星空，其實各自稀落地存在，四周黑洞洞，真空下萬籟靜寂，既無海洋咆哮，也無風肆虐，視覺上相疊或挨近的兩顆星實際距離得以光年度量。

雖是無稽之談，但關於末日，謝展鴻不是沒妄想過，與其說充滿對未知的恐懼，不如說還摻雜亢奮的情緒。想到有朝一日能與眼前的世界同步俱滅，他便不再感覺那樣孤單。

不過如今他恐懼大過亢奮。即便後來女孩的五官幾乎淡褪成一抹潑白星光，他仍記憶深刻的，是偶爾遞物或翻頁時指尖不小心的擦觸，那幾乎啪嗞作響的微量電擊一如自然界的電光石火，如此妙不可言，令渾身汗毛俱張。雖然瞬閃即逝，他又妄想，或許末日能晚點再降臨。

像夜空的流浪者，彗星孤獨地在浩渺星際中漫遊，一趟長週期的旅程動輒千年萬年，好比賽德娜小行星，太陽系最邊陲的一顆天體，前次回歸時地球正經歷最後的冰河期，待下次造訪，已然是另個滄海桑田。

但他以為，愛德蒙·哈雷其實才是最孤單的吧，在謝展鴻想像裡，這位曾激發牛頓完成佐證克卜勒行星運動定律以及萬有引力定律、滿頭花白又個性偏執的老紳士，彷彿餘生都坐守一把孤懸冥茫宇宙的老椅上頭，打著瞌睡飄飄晃晃，醒時便反覆演算，就著虛空擦寫數理公式，等待永遠趕不及的賦歸——那顆曾潑甩著秀髮劃破他的夜空、初見時尚且未被命名的彗星。

那時起，謝展鴻才實際感受到何謂兩物間的引力，並為那既扭曲、拉鋸又流動的力量所震盪。他內心炙燒的初始奇異點為之炸裂、膨脹，形成壯美的星系開始爍轉。十一月初冬，天氣已不知不覺轉寒，在哈雷彗星加速奔赴太陽、首次迫近地球時，他開始揹起行囊領著女孩上山追星。歸期一天天倒數，氣象卻開始受增強的東北季風擾動，他感覺心浮，空氣裡充滿了不確定。圓山天文臺觀測室那座二十五公分口徑的赤道儀望遠鏡，每至週末排隊人潮便拖沓長尾，於是他帶她沿館側幽僻的山徑跋行，打著手電筒穿過矮樹叢，踏上絨軟的草皮地毯，往高曠之處尋去。

愈往上爬，空氣愈發冷凝，午後山區偶有零星陣雨，此時夜空看起來溼潤透亮，飽含水氣。四方坡地綻開幾叢水仙，在百花凋敗時節從葉帶中抽生雪白花冠，風起時，陣陣香郁浪開。露溼的濃密草叢間似有霧藍鬼火影影綽綽閃滅，更遠處，市區燈火輝煌。偃草窸窣，夜海中陣陣翻湧，他倆摸暗往前，世界彷彿只剩彼此濃重的喘息。

「不會迷路嗎？」欠缺方向感的女孩有些擔憂。

「放心，跟著星星走就不怕。」

剛入社時，謝展鴻三天兩頭往天文臺跑，一樓有個小販部，琳琳琅琅展售著星圖、望遠鏡、小型渾儀、太空梭模型，以及星座郵票、明信片等紀念品，他流連玻璃櫃前，日蒐月集，儼然晉升天文迷。場館具科技感的銀色圓頂貌似太空基地，讓他感覺自己更近天空一吋，反射聚焦成像眼前的星雲、月球表面坑洞或太陽黑子，似乎也沒那麼不可企及。「只有小孩會特別痴迷星空。」後來女孩評述，天文是門孤獨的學科，沉靜的夜、漫長的守候，比之浩繁星宇那微不足道的記錄。而她喜歡他身上的孤獨氣質，她以為，偏好天文的人心中都有夢，有令人崇景的宏願。

他似乎亦默許了那暗示，自己未來或走向天文領域也未可知。他甚愛位於二樓的天象館，幾乎每週末都買票進場，獨個仰躺高背椅座，觀賞四季星象放映，燈光滅，半球狀穹頂便星星點點漂移起來，如閱兵大典流暢地切換隊形——半人馬星座、天琴星系、昴星團、古柏帶、歐特雲……，漆暗中愈發飄灑，漫空潑金擲銀，無與倫比的幻麗。有時是星際探索，當火箭搭載探測器或太空站轟然升空，磅礡配樂隨之奏起，杜比音效全場環繞，那壯偉的徒勞感每每令自己泫然。燈豁亮，他仍感覺地轉天旋，迷懵畏光，眼底還流轉著一整道銀河，彷彿作了場宇宙大夢。

他多麼想也擁有一顆屬於自己的星星，別無分號，由謝展鴻發現、指認、命名，且除他無人知曉，甘願為它的芳蹤蹉跎。七十六年約莫人的一生跨度，彷彿暗示著一輩子的約赴，比之其他遙邈或未知變動的星，他因此覺得哈雷彗星形同一則承諾那般美與慎重。

雨後山路溼滑，寸步難行，他如願牽到了她的手。視力無法抵達處，嗅覺和觸感取而代之，他的感覺受器全抖了開，那溼冷小手軟如沃泥如處女之地，彷彿所有宇宙生命皆自那裡抽長、綻生，陣陣細刺微麻的電荷，又彷彿聚合了質子、電子、光子和夸克光速亂竄，他翼翼小心，深怕將那柔握捏碎了。

哈雷彗星掠過天際那期間，當然世界末日並未降臨，卻也沒有望想中溢美、燦烈。天色黲淡的拂曉時刻，僅僅是一抹板擦擦過的遠方淡影，即便透過望遠鏡至多也是一粟暈弱的光，若無借用現代觀測與分析工具，此次回歸甚且可能不被人們發現。對這不如預期的結局，他們，也許還包括所有引頸的天文同好，張著口卻喊不出聲，連句惋惜也說不上來。

夜空倏忽就安靜下來，謝展鴻倒是如預期榜上無名。重考那年，家裡貸了臺車給他，自此一年期往復補習班與住家。每年地球仍會在五月和十月進入哈雷彗星軌道兩次，它剝落遺留的殘粒闖入地球大氣層後，因摩擦而燃燒，分別形成寶瓶座及獵戶座流星雨，待極大日，他便開車載女孩上山。流星雨更像一場華麗的夜空焰火，視星等二，相當於北極星，流亮星多，每小時就有數十顆划落，起先暗夜中驚呼連連，後來漸漸數到脖子發痠，視網膜底片疊印無數殘影，兩人便在那床草被上枕著手，靜靜躺看。

那半夜，雨忽然就叮叮咚咚落下，像流星疾速摔出夜幕，打得渾身溼透。他和女孩連忙躲進一旁廢棄的防空洞，兩人慌手亂腳笑罵不迭。旋又靜了下來，洞口灌進涼冷的風，全然黑暗底兩只目光星爍，洞外雨聲警報大作，窄仄坑洞裡一綹暗香浮動。比起水仙的豔香，那新鮮爛泥雜糅雨溼和女孩髮香的氣息，更教人迷惘，手足無措，很長一段時日那香氣充脹他鼻腔，彷彿抽抽鼻子就能聞見，連濃苦的中藥湯也顯得無味。

當年哈雷彗星臨別地球時曾爆亮了一下，像燃放最末的火花，隨即隱滅，爾後它星散的碎片成了一再被翻寫的記憶，往日重現的光跡。雖說紀念品似的流星雨盛美太多，就是不比哈雷彗星令人心馳，當然，也比不過她。

眼前的女孩就像宇宙深空最奧祕的那顆星，霍閃著。他多想摸摸那頭烏柔的髮，那片塌黏額頭的溼亮瀏海，謝展鴻感覺喘息變得迫促，心都快要脹裂了，卻始終沒敢伸手。

千年不過一閃焰，所有現象稍縱即逝，相較人類量子化的時間維度，天體運行要比瑞士鐘錶還精確。宇宙繼續向外膨脹、冷卻，星體相距愈離愈遠，卡在車內腳踏墊的碎泥塊留下了佐證，但那晚上自己是否真牽到她的手，後來連他都恍惚起來，也許那只是太過寫實的想望。

女孩和自己的差距便在不知覺間愈擴愈大。他連兩年落榜，而對方早被安排畢業就送出國讀書，頭一年他還收過異國風景明信片，其中夾附了張參訪休士頓航太中心獲贈的「挑戰者號」貼紙。對他而言，那一如外太空旅行遙不可及，女孩乘著火箭以逃逸速度垂直噴射，抵達系外行星便脫離指揮艙，改搭小艇在星際間漫步，無拘束漂流，此刻他們連時間刻度都天差地別。一旦引力超乎某個跨度便將斷離、消失，漸漸，他再呼吸不到對方的氣息。

唯一讓謝展鴻久久難以釋懷的，是女孩畢業典禮那天，他自補習班翹課，悄悄帶了束花前往，在校園中緩速駛向車棚時，遠遠，便眺見手捧大把鮮花的她和另個男同學相摟合影，豔陽下笑瞇了眼。他被那熔燒噴流的光灼痛，感覺心再次要脹裂，有那麼一閃瞬他想就一腳踩下油門，如彗星撞地球與眼前的世界同步俱滅。

某些記憶在期程拉遠後，逐漸冷卻、沉積，從此冰封腦海底，不再輕易調動。彗星是太陽系生成時噴撞的殘屑，當其他星系成員歷經數十億年滄海桑田，只有沉睡於邊陲的它仍保有初時狀態，直到有天受附近路過恆星擾動而掉進新航線。並非全數都將回歸，有些被拋出太陽系，在通過近日點後毫不棧戀地揚長而去，少數則航向太陽，開始了長旅。

每回迫近炙燒的火球，都要折損巨萬質量，最終，彗星絕大部分揮發性材質都會蒸散掉，經數回繞行後，在最末一次近日點瓦解，灰飛星滅，剩餘一顆小而黑的惰性岩石，或類似於小行星的廢墟，再也無光。它的美麗最終終結了自己。

灼眼的豔陽下，一臺教練車打著雙黃燈在場上磨磨蹭蹭，龜速前進又倒退。通過繞圈練習、S型彎道前進退、換檔加速和上坡起步，女孩正操練晉級的路邊停車與倒車入庫，斟酌著切入點，量測前後車距，抓準回正的時機，反覆修訂角度。即便有攻略可尋，她仍像遊戲卡了關，令自己一再身陷僵局，毫無轉圜餘地，只得不斷打掉重練。

謝展鴻想起高中時的他們，那喉結與胸脯漸次隆起但樣貌仍模糊的青少男少女，親身試歷各種人生的潛規則，競爭與協作、愛與背棄、代價與抉擇……，揣摩著怎樣成為或成為怎樣的大人。但那終究是讓冕圈給罩護的結界，少了點真實性，實際上路後則是另回事，一如模擬實境的教練場排除了時間干擾和突發狀況，能一再岔錯重來。他遠遠睇著她，進進出出好幾回合，期間甚至一度熄火，卻總大半截車體掉在停車格外。

女孩望見他，搖下車窗探頭，向著自己揮揮手，比了個讚。無論挫折感有多重，每個人終將硬著頭皮上路。

連續兩年大考失利，後來勉強擠進一所三專，就讀不甚興趣的動力機械，熬至畢業，方向感極佳的他便開始在駕訓班教開車。

或許也能歸因於引力。身為獨子，從小無人作伴，多數一人划著火柴盒汽車打發時間，剛學會英文字母時，謝展鴻最常玩的遊戲便是獨坐店鋪門口追著路口川流的車，辨識星星那樣指認各家廠牌——賓士、BMW、福特、雷諾、標緻、雪鐵龍、喜美、三菱……，興奮點著名，偶爾一臺積架或愛快羅密歐低吼過，得按捺手舞足蹈的情緒，那是生活裡唯一樂趣。擁有第一臺座駕後，車子儼然成為自己的專屬太空艙，引擎轉數表、時速表、水溫表隨油門轉爍，他熱愛一個人開車，揀一條路出發，放下窗，沿蜿蚰山徑、闊藍的濱海公路，像隻禽鳥暢遂地迴旋而上，一路吃著風，滑過綠隧道、黑森林、沙灘、消波塊、藻礁群……，最後泊憩某個觀景臺，瞭望夜星。在那小宇宙裡，他得以全權操控，行雲地踩放離合器，以幻想的光速在星際高速公路上將自己拋擲、甩離，沒有終點似，無窮遠來無窮遠去。他渴望就這樣一路開下去。

他們的重啟也是在這方小宇宙裡。此刻她鬆著背頹坐床沿，彷彿撈尋掉落大腦黑洞的什麼記憶，一會又放棄似歎口氣，起身，開始穿衣。窗外仍一團黑，床尾巨幅玻璃如實反射房裡的動靜，像高倍率鏡頭，似乎連肌膚皺褶坑洞都給放大了。這是間廉價的愛情賓館，實用性裝潢無一絲餘贅，光顧的人都目標明確，如四處耷掛的衣褲坦蕩蕩。謝展鴻睇著她略搾出的腰間，環過背脊的胸罩咬痕，還有拱著一條腿斜躺床頭的自己，毫不遮羞的兩具肉軀赤露得太過真實，顯得扎眼，他又將目光轉向空無一物的天花板。

他終究踩了煞車，於是她現今安好地躺在身旁。他們並無等上七十六年，在第二十六年便又相遇。

「這麼巧？」

女人手裡拿著駕訓班簡章和報名表向他晃了晃，像失而復返的彗星，某天忽地就蹦現眼前。

或許是腦海殘存的星色，即便已無法拼湊確切樣貌，當那面孔浮現，他仍瞬間辨認出她。女孩已徹頭徹尾蛻變成女人，一頭烏柔長髮給削得短俏，曾經那宛若疏散星團潑濺的雀斑，如今化作臉上的滄海桑田。

「……怎麼會來這？」

「學開車啊，不然？」對方噗哧笑。

端坐駕駛座的女人專注盯著擋風玻璃前方，緊握方向盤的方式像攫住大海裡的浮木。雖是新手，但操控平穩，不會有急煞車或猛起步的狀況，也許是因為年齡——通常愈年長開車愈穩慢。「教練是不是都不想教到大齡女生？」她揶揄，眼尾餘波盪漾。怎麼會，小女生才麻煩，他連忙否認。年過四十方學開車，起步有些遲了，得克服許多內心障礙，駕駛操作是一連串感知、判斷和決策的過程，考的其實是心理素質，比起年輕人，除了應變和記憶力，她還得找回已退潮的勇氣。

「這麼多年過去，方向感依舊很差勁吶。」

女人自嘲。前幾年失婚後，彷彿想彌補點什麼，開始重續過往的未竟。除了剪短髮，還包括學會了抽菸喔，她眯起眼說。

因為駕訓班報名網頁上的師資欄嗎？他這麼想過，但沒問。第一次練車起，謝展鴻便再度強烈感受，那密閉車廂裡咫尺相距既流動又拉鋸的關係，彷彿周遭空間確實給壓縮、扭曲，每句談話都消弭於半空，空氣起著微妙的物理和化學反應，但自己已不再心跳加劇。

「為什麼學開車？」

他橫過身，仔細幫她調整了座位、頭枕高度，繫上安全帶。

「因為我想從頭來過。」

也因為方向感欠佳吧，兜兜繞繞，看似又回到了原點。初次和女人上床，他並無躊躇太久，約莫兩三堂課預熱，便把車開進了汽車旅館。沒有彆扭或難為情，也不感覺罪惡，彼此都很盡興，甚至一夜數次高潮，堪稱是場完美的重逢演出。但就是少了點什麼，他苦思，且是至極關鍵的什麼。

那曾令自己朝思夕念的身體，謝展鴻有過各種臉紅的遐思，晨勃刷牙時、燠熱課堂上、冗慢車陣中，以及無數青春的眠夢裡，光想就令他心神顫搖，彷彿那陣陣細刺微麻的電荷，光速亂竄的質子、光子和夸克，透過她的柔握傳導至體內。實際驗證後，終究也只是個肉軀，不再導電，神祕感泡滅，即便身體纏滾、相疊，甚至深密交合，他仍感到孤獨。

女人就近在眼前，他在對方身上卻幾乎探不見往昔光跡。他以為自己終於觸及愛情，但即便最靠近的時候，約莫也相距至少一千多萬公里。他忽瞥見那枚給扯掉的釦，上回離去前始終尋不著，像殞滅的星滾落床底。

「握著手再躺一下吧，」她著裝完，又在身邊睡下，想起那些仰臥荒草間觀星的夜。他自後腦勺抽出一隻手，輕輕握住。

「再給我說一次天琴座的故事，雖然聽過好幾遍，現在卻怎樣都想不起來結局……」

從前在自家門口學認車，他常覷見一群年紀略小自己的鄰居在斜對街中山堂玩大風吹遊戲。遠遠，幾個木炭小鬼風一陣一陣奔竄，驚笑不迭，在火傘高張的廣場，壁壘出旁人無法介入的疆域，罩著一張膜似，飽脹一股氣，他們便在那圈裡兜來跑去，熱浪熔軟飛沙走礫，一夥人好似被吹散颳糊，其實不過於幾張石凳或柱面搬風，像行星繞轉著恆星。

那陣陣風吹裡，其中有個他心儀的鄰居小妹，家裡開建材行，肌膚晒得黝亮，兩顆虎牙閃晶晶，總笑得比豔陽灑潑，像一把浪擲的玻璃彈珠，說不出具體原因，但他初次意識到那就是自己的「理想典型」。約莫當年幾乎日本女明星都標配了虎牙作為某種標記——後來他房裡也曾貼滿酒井法子的海報，手捧水仙，向鏡頭綻露一對幼態萌齒。那不按常軌岔飛的亮點，在生長過程中找不到正確位置安放而偏離，發著令人為之一顫的瞬光。

大風吹，吹什麼？吹……，後來女神都一一崩解，灰飛星滅，再也無光，而他再無偶像。真正的愛情，只存在於星空，一旦墜落便成了石頭。原來當年眺見的燦美遠方並非未來，而是已往，更無可能向他迫近，反倒以拋物線之姿甩尾而去。他倏忽驚覺自己開了數十萬里路程，終究只是原地兜圈，哪也到不達，一如此刻抓著她的手，萬物靜止卻仍感覺時間持續沙漏，什麼也把握不住。

估計哈雷彗星即將折返遠日點，距離太陽超過五十億公里，謝展鴻盯著天花板推算，此刻它的彗核約莫遠得像宇宙脫落的一顆虎牙，兀自漂懸漆寒的外太空。

那是人人皆曾聽說，關於回頭的故事，他枕著臂膀娓娓說道：極擅於彈奏里拉琴的奧菲斯，當他和著琴聲歌唱，宇宙萬物都會深受感動，草木瞬間變色，河川暫止流動，森林萬獸皆聚攏身旁傾聽。後來，他為營救亡妻尤麗狄絲勇闖冥界，思念哀絕的琴音甚至讓看守地獄入口的三頭犬放鬆了戒備、冥河擺渡者忘記了划槳，令薛西弗斯坐於巨石上沉思……

車子駛出旅館車庫，擋風玻璃突然滑落幾滴水，雨接著迎頭痛擊，唏哩嘩啦倒瀉。逃無可逃的世界。雨刷左右擺動，車內比真空靜寂，也無風也無雨，稱不上熟或不熟的兩人有些窘迫地並坐。

他打開電臺頻道。雨刷來回刮拭，雨勻散瞬間又漫開，玻璃浮著一層薄薄水膜，路上寥若晨星的行人隨波泛動。女人掀起遮陽板，整了整髮妝，鏡中她目光不再清鑠，從前身上的自然青甜也已無蹤，一股化工香水取代之。

「欸，你還留著這玩意？」

她隨手拉開箱屜，取出那毛邊舊黃的星座盤，愣了下。

「現在還看星星嗎？」

現在還看星星嗎……？上回觀星是何年何月的事？獅子座流星雨、夏季大三角，還是月全蝕？他已想不起多久了，別說漫天星斗，甚至抬頭一瞥稀疏的夜空也罕有。空汙和光害影響下，連星光也是灰撲黯淡的吧，他猜。後來圓山天文臺遺址獨剩土坡上的水平式日晷作為紀念碑，像座大時計分秒捕捉著日影，當年倘使沒有哈雷彗星，或許也不會拆遷。

「不看了。」

他凝視前方霓虹閃熾的路。他們都想在彼此身上捕捉一點什麼，微光閃焰也好，卻連個影也不見。或許正由於自己身處的宇宙如此協調，擁有完美的內在規律，無因過重而塌墜或過輕給拋離，是自然常數與自然法則演算的結果，因此得以生存下來。紅燈亮，他鬆開油門，緩緩踩下煞車，暈黃路燈底，夜空刨落萬千黃金絲，暴雨中，對向行人大步流星的奔離。她忽地把頭埋在星座盤上，掩面抽泣。

即便斗轉星移，謝展鴻知道自己確實曾觸及星星。此刻坐困車裡的他渴望能擺脫所有重力牽扯，成為一粒宇宙微塵，以最延緩的時間漂流、老去。說到底，那被暱稱為「彗星男」的愛德蒙．哈雷，其實是個幸運的傢伙吧，他這麼想著。

躲貓貓

好冷。

被推進手術室，給移至手術臺上，大圓燈盤啪嗒打亮的瞬間，她驀地竄起一股慄冽寒意。像噗通沉墜闃森森的冰海，那冷，無邊無際蕩擴開。

這是她生平第一場正式的手術。說來慶幸，雖稱不上身強體健，小病小痛不少，倒也安安穩穩長這麼大，未曾遭遇真正的風浪，至多只在小學時，因右上臂一顆彈珠樣圓滾的肉瘤捱了小小一刀。那時大人們七手八腳箝著她，像把一頭獻祭的羔羊押解上磨霧的不鏽鋼臺，在飄著消毒藥水味的小診所，縱使患部已打上麻藥，最痛不過下針時，過程中她仍奮力踢蹬四肢，隱約感覺皮肉給刺開或縫勾而嘶聲哭號，基於莫名的恐懼。那經歷也讓她懵懂意識到，人生了病便得了勢，如吞下無敵星星，術後自己因此收穫一隻兔娃娃。

此刻她安安靜靜躺著，待麻醉之瞬如神之光降臨。單薄的淺藍手術服像塊聊勝無的遮羞布皺鬆鬆罩著，底下，即是光裼的肉軀。她對身體向來閉塞，去日本旅行也不曾享用過大眾湯，為求安心受檢，打一開始便特地挑女醫師掛診，如今給推進開刀房卻赫然瞥見，除兩名女護理師，還有三位穿戴全套綠色手術衣帽、正聆聽主刀醫師解說的年輕男實習生在場，同時回頭張望。沒人事先知會她。感覺像褪光衣物卻縮縮走進浴池，發現其他人全穿著泳衣睇向自己。

稍早，術前一小時，她先依從指示進行病灶定位，帶著自己的病歷向超音波室報到，叫號後，如常步入昏黯的小房間，心想約莫以細針穿刺標記。此類煩瑣的檢驗程序已往復數回——掀起上衣，解開胸罩，平躺，曲舉胳臂至頭頂（為此她前一晚都仔細刮清腋毛），像隻溫馴的綿羊靜候。不久醫檢師走了進來，腳步異樣地沉，一把拉上布簾，乾咳兩聲。她側過頭看。一反常態，是個男的。

尚未反應過來，對方已練熟地在她胸前擠上凝膠，來回滑動掃瞄器探頭。燈光俱滅，房裡闃悄悄，她拗著臂彎斜臥，不敢稍動，只聽得他粗重的呼息，以及一旁超音波儀不時逼逼作響，像偵獲什麼不明潛水物。她盯著那方黑白螢幕，上頭陣陣捲浪翻波，彷彿乳房裡蓄積了一片靜謐的黑色潮汐，湧動無數漩渦似的小暗影。

檢查完畢，醫檢師抽來兩張廚房紙巾，她接過手，維持仰躺姿勢默默擦拭身上滑膩的膠液，這連串的應對令她莫名羞恥。

「這裡，和這裡，分別有一顆邊緣不規則的腫塊，今天會開刀取出做進一步化驗。」他解說著，同時伸手輕輕摸索、摁壓，指腹柔軟溫熱。她迅速瞄了對方一眼。這是婚後頭一回，其他男人觸碰自己的胸部。

原以為免不了扎幾針，卻見對方拿著粗藍簽字筆，掂掇什麼似，仔細捏揉、比量，在她乳房及乳暈處畫出三四個圈。她頓時感覺自己一如喧鬧的早市裡，那赤條條攤掛肉案上給打印藍紫或紅色戳記的溫體豬，供人品評翻揀。她平靜地攤展著，不再輕易耳赤，反倒有些哭笑不得，人生只消多幾回羞辱，就從容自在了。

完成定位，返回手術大廳，聽從下個指令換裝。窄迫的更衣間，一牆二十公分見方的置物櫃井然羅列，她掀開其中幾格。一個亂蓬蓬塞滿蘇格蘭毛呢裙、長筒皮靴，一個放著太陽眼鏡與荷葉帽（來度假的？），還有一個上頭擺了副活動假牙，琳琳琅琅，彷彿衣冠塚似。她揀了自己的幸運號碼，將身上物品逐一褪下——上衣、長褲、襪子、胸罩、內褲、耳環、眼鏡，整齊收納格子裡，再次檢視光裸的身體，最後目光停駐右手無名指上那枚金箍般緊套的婚戒，把玩一會後，將它旋下。

然後換上手術服，關起置物櫃。此刻，自己真是一無所有了，無有撐托，也無有縛束。卸除一切身外物，躺上手術臺，每個人都一模樣，不過是塊任人宰割的肉。

她想起每每在候檢室，那一落無聲並坐長排塑膠椅上，或老或少裹著淡粉色罩袍的女人，個個素著臉枯等。無論細針抽吸或粗針切片，病服下那對擴垂的乳房多少都經歷磨難，受了些苦，帶著大小不一的傷。她們互不相干卻又高度相似，彼此間結聚一股集體潛意識，海床般銜連著每座島，有的仰面閉目，有的低頭滑手機，有的撥著手中念珠，最後關頭終究孤身以對。

冷得寒毛直豎，同時口乾脣燥。她環顧了一下周遭——刷手臺、藥品櫃、器械架、手推車……，盡是冷硬、銀閃閃的不鏽鋼材，加上太過寬餘的空間，讓手術室更顯寒肅，連灑照身上的燈都白森森的，一如雪地裡的光。全副武裝的醫護人員備著各種刀械，幾臺抽吸器或電燒儀之類的機具圍繞床邊，空氣瀰漫著殺戮前的戒慎氛圍，好似自己又再度躺上祭臺。

方才在病患等候區，護理師為她安排了推床，繫上藍色腕帶（終於重獲身分識別），掛起點滴。麻醉師帶著同意書和健檢報告前來，與她短暫晤談，再次確認手術細節。

「你好，跟你核對一下身分。」對方以刻意提高的分貝問話，響徹大廳，像自己是名重聽病患。

「請問你叫什麼名字？」

「李芙萱。」

「出生年月日？」

「66、01、06。」

「今天動什麼手術？」

「乳房腫瘤。」

「右邊左邊？」

「左邊。」

「手術要全身麻醉你知道嗎？」

「知道。」

「昨晚十二點後有禁水禁食嗎？」

「有。」

麻醉師接著完成例行衛教，諸如麻醉方式、風險、可能併發症及甦醒後注意事項，將手中表單遞給她，說：

「請你仔細閱讀後，在底下簽名確認。」

她大略掃過上頭密匝匝的文字，很快便失去耐性，那內容和排版並無讓人閱讀之意。其中以藍字畫出的重點，強調著麻醉潛在風險——縱使病患在健康無虞的狀況下，手術前後仍有約0.06～0.08％的死亡率。她換算了一下，意即每一萬人裡有六至八人昏睡後不再甦醒，像讓不明黑洞給捲吸進去。她上網作過功課，全身麻醉無疑是一樁極神祕且奇幻的事，不僅無痛覺、意識，喪失自主呼吸，過程裡也不存有任何記憶，一片空白。她認為那必定是個時空奇異點，整個人自這世界抽離，片刻的消失，如蟬蛻般某種暫時性死去。

多像小時候的躲貓貓遊戲。有那麼幾回，如常炎酷的暑日，她藏身對街中山堂後院那株綠叢叢的冬青樹下，一面枯等，一面拿細枝條在泥地上塗鴉。無風的午後，四周異常肅靜，連蟬群也隱匿無蹤，滿枝椏的綠葉都紋絲不動，彷彿地球忽地讓誰給摁住，暫止了運轉。她蹲得兩腿發麻，心底莫名忐忑起來，分不清自己究竟擔憂讓人發現，抑或不被找到，只曉得那消失的片刻，回想來是如此寧靜孤獨……。

她在麻醉同意書上簽字。一如結婚證書，那紙憑據既非信誓，更遑論擔保，而是意謂切結，我願意，此後損益自負。

在剖開之前，沉睡以後，沒人得以預知後果，下場如何，以及那完好軀殼底流動著怎樣的腐惡腥敗。昨夜裡，她躺上床後，突然又感到飢餓難耐，口乾唇燥，忍不住起身踅至廚房，打開冰箱瀏覽許久，拿起一罐冰鎮啤酒敷潤嘴頰，又擺回去。行過書房，見門縫透出光，他仍窩在沙發椅上看書，便輕推門，探向房裡。

「還不睡？」她在門外問。

「好，晚點。」

丈夫沒抬頭，只應諾了聲，繼續閱讀。她便就離去。才舉步，又想起什麼似，回身說：

「對了，我明天開刀。」

「噢，」他略起身，摘下眼鏡看著她。

「需要我請假嗎？」

她微笑，搖頭。

「沒關係，我可以。」

「你自己一個人？沒有家屬陪同嗎？」

麻醉師帶著文件離去。年輕護理師前來替她綁上橡皮繩，用酒精棉片消毒手背，疑惑地問。

「嗯。」

她撇過頭，在針上點滴軟針時，略皺眉，忽忽理解當年剜除右手臂那顆小瘤時，自己何以如此驚天動地。原來不痛，更教人恐懼。

她想起那冰天凍地，天空搖落細雪，湖面上仍有鵝靜靜划水。去年冬天，他們特意安排了一趟旅行，跟團至北海道。至寒時節，目光所及景象單一，除了行車處，路面空地壘滿白蓬蓬的雪，每一步都是虛胖的，深深坍陷下去，時間因此放緩，且一望無際，即使無論如何都會逝去，也不再均勻地從過去流向未來，有時她甚至錯覺自己倏忽復返兒時，雪地上白花花的日光晃閃。交通不便的道東道北一帶人跡罕至，只有他們一行人顛簸著小巴穿越白皚皚地。好一會她站在覆雪的火山湖前，呼出的每口氣都化作一團迷霧，存在的瞬間即消散。

這原是放鬆及修補之旅。半年前她終於懷了胎，在屆高齡且虛寒不易受孕體質交乘下，歷經挫折才盼來喜訊。這兩三年持續看中醫調養，服排卵藥，每天晨起現榨一杯精力湯，從不運動卻練起瑜伽，學習身體的柔韌與延展，即便那些拗折扭擰的體式對她而言似乎違背自然，總撐到頭皮冒冷汗、搖晃欲墜。

起初情勢突然有了轉機，似不遠處浮現一明確標的，待啟程前往。他們迎來不同以往的未來，適應著陌生的身分，縱然有若干演出成分，也是全然生鮮的角色。雖為時尚早，腳底還有些不塌實，她已開始逛起嬰兒服飾，翻閱育兒書，下意識拳捧肚皮，彷彿裡頭孵著一個初始奇異點，即將迸生另個嶄新的宇宙。

直到確認懷孕兩週後，初次產檢照心跳，超音波師來回掃著探頭，久無語，嘴角塌垂，靜待風浪過去似，好一會才波瀾不驚地說：

「胚胎停止發育，萎縮了。」

「一般來說，懷孕前期自然淘汰率有20%，是母體的一種篩選和保護機制，屬於正常現象。」對方始終盯著螢幕，迴避眼神接觸。

畫面靜若死水，耳膜卻響起急促的脈動。她依舊感覺不塌實，才接獲要角又遭臨陣撤換，如贏得滿手彈珠轉瞬輸個精光。看完診，醫師請她先行返家等候胚胎自然排出，隔天如廁，便感覺下體有血塊剝落，接著一道暖意流淌，不怎麼痛，只有些腰痠，類似出血量較多的月事，日夜無聲滴漏，拴也拴不住。一週後惡露排盡。

時間停格在無動靜的一刻，妊娠終止，不見閃爍的小白點，亦未聽到據稱像噠噠馬蹄的胎心音，誕生的當下便逝去。她甚至懷疑自己是否懷孕過。妊娠六週僅是個不成人形的胚胎，豌豆大，連「孩子」都稱不上，她坦著平扁的小腹仰臥暗室，只覺得超音波師白袍胸口的藍色電繡名「楊淑敏」分外眼熟，似曾相識。

「順其自然吧。」

當時丈夫輕拍自己的肩，佛系地說，感覺掌力寬柔弛緩，似是鬆口氣。那出演意外破了局，脹擴的宇宙一下消風，他們倏忽又坍縮回原點。

一切準備就緒。幾乎像電影裡演的，櫃檯接獲通知後，她旋即給送往開刀房。空氣頓時繃緊，發條上鏈，數名護理人員隨侍左右，一個拎著輸液袋，其他推拉床扶手，一行硿隆硿隆護送自己進手術間。一盞盞日光燈閃熾過，一扇扇自動門開啟又闔上，一行人急颼颼闖越層層關口，拐過迷宮似的白牆走道，步步近逼核心。

她亦曾想像過類似畫面。同樣穿戴綠色手術衣帽，仰臥推床上，底下滾輪疾速滑過地板，那時她正待被推進產房，額頭大量汗著，嘴張愣，露出微歪斜的一對虎牙，一瞬不瞬直盯丈夫那雙彷彿源自高寒地偏淺褐的眼珠。他緊握她的手，唇髭也蒸出水氣，一面快步向前，一面帶領她深吸慢吐作拉梅茲減痛。他們即將迎接新生命到來，倉皇得像雨中蝶顫，她撕裂劇痛。在那之後，嬰兒顛抖抖地爬行、學步，夫妻倆還會帶他／她去公園放風箏，豔陽下追逐泡泡，牽起那雙幼嫩的手上學……。但他們終究沒有孩子。沒有孩子，便無以為繼。

那些默然失語的夜，行事曆上讓紅筆圈出的日子，她早早就寢，獨自蜷臥暗室森涼的眠床上，斂著腳趾尖等待。待夜極深，他沓拖進房，盥洗如廁完，熄了床頭燈躺進被裡。她闔上眼，弓著背，黯黮中感覺碩沉沉的身軀緩慢挪近，一把箍緊自己的手臂，下體貼著腰臀開始規律地蹭擊。她爪緊被角，像口乾竭的井逐漸給灌注，泛起漣漪。好一會，他依舊像無法被劃燃的火柴擦不出半點火星，遂懶怠，鬆開手，若無其事翻過身，隨後鼾聲大作。許久時間過去，她依舊攥著被角，井底又漸枯澀，眼底卻溼溽了起來。

「冷嗎？」

全副武裝的護理師露出一雙黑亮眼眸，俯看她。白光啄痛她的眼。最後一道碩沉沉的鉛門闔上，鋼鐵環伺，冷氣與孤寒強襲，彷彿給吞入另個維度。她鬆開手指，點點頭，發覺自己的身體正微微撼著。

「放輕鬆，我們都在這。」

對方替她蓋上棉毯，暖聲說。其實她已不再作無謂掙扎，從嚴守到自棄，如解帶寬衣，也如纏黏蛛網上的蝶，終究要靜靜領受，剩下只是身體偶爾的反射抽顫。她恍然，原來這就是瀕死的處境。比死更安然與絕望。

只是為何偏偏在這節骨眼上……。回診看採樣報告那天，他把簽好字的離婚協議書交還她，兩人皆懷抱大考繳卷的心情——無論好與壞，終歸結束了，再難解的三角習題也就此一筆勾銷，無須再費心算計。傍晚她獨坐書房，反覆讀著那紙報告，良久，右掌心輕輕按撫胸膛。

它沉靜如丘，如滅絕了的死火山。當初發現腫瘤的並非自己，也非丈夫，而是在公司舉辦的一場婦癌防治講座，會後給意外篩檢出。她緩緩挲揉，腦海浮現熱戀那些年，他是如此沉陷這雙峰間，無論得志或失意，像嬰兒索乳時不時探手撫捋，埋頭捧嗅，作愛時一面舔吮，一手揉捏小兔般把弄，完了，汗著身軀孩子樣蜷睡胸前，彷彿他獨屬的鍾愛的玩具，甚或幾度在激烈爭執後的性愛中恨恨抓痛自己，釁出瘀傷。那乳也深富情感殷切地回應，圓潤尖挺，喘動著，內裡沸燙得直要衝發。

這期間她亦諮詢過中醫，調整了另帖藥方。老中醫師氣定神閒為她把脈，徐徐說道，多數婦疾如乳房結節或乳腺癌，皆肇因「肝氣鬱結」，七情所傷，說到底其實是一種情緒相關疾病，氣滯血瘀，月累日積，因此在療養上應疏肝解鬱方治根本，外科手術不過治標，切除了這處，來日還會在另處萌發。她頭一回聽聞這派學說，覺得中醫更多幾分理據。

其中一結節彈珠樣圓彈硬實，生於右乳下緣，輕推可滑動，反倒無甚威脅性。另兩顆更可疑的多發性病灶則深藏左乳乳管內，張著犄角暗影，既不痛也無法觸及。那些結瘤究竟何時默默鬱積、增長出？她思索著。或許是不再有人撫觸（也包括自己），而它們疏於感受以後。

體內隱微的變異，如深層抽搐、電擊戳刺和炎症反應，不能說完全沒覺察，只是身體尚未準備面對。患病後，她反倒蜷成一隻溫馴白兔，像給矯正後斂縮的虎牙，不再爭強或頑抗，也鮮少談論病情，僅退守洞窟裡自我療舐，靜觀其變。她拉開書桌抽屜，將離婚協議書連同病理報告擱置裡邊。那日後，他亦不曾再提及此事。

真是好冷。雪持續下，轉瞬便覆蓋了足跡，世界給擦成一紙空白，彷彿未曾有人到來，也未曾有人離去。調養生息的北海道之行，第一天起似乎就出師不利。悶擠的小巴，暖氣在玻璃窗上呵出薄霧，車內空調令人思睡，安排於他們夫妻倆後座的一家三口，約莫一歲大的嬰孩不知是水土不服或作息失調，打上路便哭鬧不休，有時彆扭，有時裂肺號啕，哭到岔氣臉漲紅。

年輕夫婦慌手亂腳，全程費勁地哄拍，卻不奏效。眾人箝口不語，車內空氣結了層霜，最後束手無策，只聽得爸爸噓聲制止，媽媽不斷重複數三，一、二……，不哭喔！語氣像就快哭出來。但寶寶根本聽不懂，或其實已理解那肢體威嚇，也能感知其置身處境，愈加踢蹬手足，抽扭包著尿片小而帶勁的獸身，使盡吃奶氣力。而媽媽口中的算數始終不算數，一再跳針重計，永遠無法抵達三。

她不敢想像爾後七天六夜，落雪般無休止的哭聲。為什麼非得帶如此年幼的小孩出國？她也不懂，長時間飛行、拉車，一路相伴著陌生焦慮和幽閉恐懼，即便大人，旅行都不見得輕鬆。在自己兒時，日日復返遊耍的中山堂，那再稀鬆不過的人與風景，熟悉的空氣，依依不捨落下但明朝會再冉冉升起的碩大日頭，才是孩子們無可取代的天堂。駝著大包小包，娃娃車上下開闔，最終把大人也搞得灰頭土臉。她抹抹窗，額頭抵著玻璃，探向外頭的雪。

昏沉的午後，嬰兒給換上乾爽尿布，車裡終於稍稍安靜下來，只剩有一搭沒一搭的抽噎。顛擺中，能言善道的旅行社導遊開著麥克風，為沿途行經的景點風介，她漫不經心聽著，此時不知何故講起了日俄戰爭史。

「一八九四年中日甲午戰爭期間，日本陸軍因為不潔的飲用水而爆發傳染病，導致當時病死比戰死的人還多……位於大阪的『中島佐一藥房』便研發了一款以木餾油為主成分的藥品，可治腹脹腹瀉，將它取名為『忠勇征露丸』……後來日本和俄羅斯兩帝國為了爭奪中國東北及朝鮮半島引發日俄戰爭，在日本稱日露戰爭，這款號稱『征討露西亞的藥丸』因此爆紅，除了止瀉鎮痛，還被用作對抗當時軍中盛行的腳氣病的特效藥，大量配發給士兵服用。最後日本也贏得了勝利。」

「你們看商標上有一個喇叭圖樣有沒有？就是舊日本陸軍軍號，用來通知部隊放飯時間。」導遊說著自大口袋子裡翻出一亮橘色藥盒，讓團員輪流傳看，補充道：「有喇叭標誌才是真正的『正露丸』喔！跟我訂購可以打八九折，比藥妝店更便宜。」

她忍不住噗嗤笑。鄰座的丈夫自鼻孔悶哼一聲，撇頭窗外，他雙臂環抱，屈身略嫌窄短的日本尺寸座椅，眼睛像雪地裡的赤狐發著黃光。接續七天打開了廣告後臺，導遊開始臉不紅氣不喘賣起藥來，從 CoQ10、清血丸、萬步力，到深海鮫魚油、鯊魚軟骨素應有盡有，以各種曝光版位及精準的受眾投放，巧妙置入旅程中——記不得前一天去了哪些景點的需要補充銀杏，暖房待久皮膚乾癢北海道馬油一抹即刻深層修復，想跟日本老人同樣長壽祕訣就在納豆精……，如烏鴉在頭頂嘎嘎叫繞，幾近成為一種精神轟炸。她再笑不出來，將蓋在身上的大衣拉至口鼻，隨車體晃搖，一路半醒半寐。

她厭惡他冷眼看待一切，彷彿老有人遠遠窺視，卻不現身。近來時常夢魘，半夜抖然驚起。夢境場景大抵像中山堂那樣空闊的廣場，小學生模樣的她折起臂膀矇住眼，伏在泥牆上兀自數算。十、九、八、七……，然而每當她睜眼，轉頭，發現身後杳無人影，一派鴉默雀靜，彷彿空襲警報或末日後，偌大的廣場只剩白花花的日頭閃晃，乍看如下起晴空大雪。又或者她隱身角落處待玩伴來尋，可等到遊戲結束，最後一抹夕陽落盡，自己依然沒給發現，就這麼孤蹲著直到夜幕低垂，像隻黑貓給吃進夜色裡。

然後便乍醒來。令人心慌的並非身後空無，而是那雙伏匿叢草間窸窣的眼睛。事實上，現實中自己無須藏掩，亦不必憂心洩露蹤跡，她既已然隱形，又無所遁形。一種難以名狀的存在。生病反倒讓她鬆口氣，終得以藉口卸下成人的角色包袱，退化回孩子。胸口經年的積瘀似乎也緩緩化散開。她突然懷念起兒時那寧謐的片刻，便蹲坐床上，學從前環抱著雙膝，盡可能把自己捲至最小，如一只胚胎或蛹，窩身濃蔭的冬青樹底。

「李小姐，」主刀醫師走上前，揭下口罩讓自己確認身分，一手輕搭她的肩，說：「今天我們要進行乳突瘤切除手術，切除後會送化驗作最後確認。就像我先前說的，這種瘤只有約15%的惡性可能，不用太擔心。」

一切究竟是偶然的概率，或必然的因果？她再次感到迷惘，不確定自己該懷抱樂觀還憂慮的心情。對她來說，無論數字多寡都只是銅板的正反面，就像從前遊戲時玩伴們慣以「黑白黑白我勝利」來決定開局，總有人得輸，一翻兩瞪眼。

「這是純氧，能讓你放鬆。」護理師替她掛上呼吸面罩，說：

「等麻醉師來了，就會開始進行手術。」

此刻她安安靜靜躺著，以一種近乎受洗的心情，待麻醉之瞬如神之光降臨。屆時，胸口的纏結將如樹根瘤給開掘、刨起。倘使麻醉是短暫的死去，再次醒來，意即重生。

她緩緩吸吐，感覺身心舒徐。近十年盤結雜錯的婚姻關係，若要探究病根，她想，大抵還是肇始於婆媳（多俗氣的情節）。不過都是日常刮擦而已，諸如生活作息、宗教信仰、傢俱擺設、食物鹹淡、洗滌衣物的方式云云……，但就像竹筷岔出細屑，不小心便扎入肉裡。加上寡母獨子的堅壁高壘，讓自己十年來無論坐站都像個外人，甚至侵入者。

「這小子從小就很依賴母親，直到四足歲才斷奶呢！」

閒談間，婆婆三番兩次取笑。

她憎恨的其實是那隔岸觀火的心態。失序是宇宙常態，萬物傾向朝最大熵前行，既然混亂在所難免，不妨將目光投注某些更緊要的事，試著讓激動的心恢復平靜。教授物理的丈夫話總說得迂曲，不痛不癢，彷彿婆媳相處只是客觀世界裡一道待解的題目，終將化約簡潔優雅的公式。

起先他尚好言勸慰——媽年紀大了，小孩性，就別跟她「計較」（多刺耳的字眼）。到最後耐性磨盡，自鏡片後瞅著那對淡漠的眼瞳，冷冷拋出一句：

「等你自己當媽，就會懂了。」

她不禁語塞，彷彿真有所理虧。確實自己的乳不曾奶過孩子，經常在人母面前她遭受有意無意的排除，即便是稱羨之詞也隱含幾分貶抑，那仍飽彈如少女的胸脯，未因哺養而乳型鬆垂、乳暈碩黑，反倒標籤著自己是個欠缺經歷、變態不完全的女人。

「那摸你媽的奶去！」

她脫口道。他反射性舉起拳頭，抖晃著，重重往牆上擊落。

兩年前婆婆離世，像塵埃落定，四周頓時變沉靜。有時她驚詫丈夫臉上輪廓的嬗變（那便是所謂的熵增吧）——嘴頰耷拉，眼窩鬆陷，成了另張生疏面孔，而自己何嘗不是？生活的庸瑣粗礪將彼此祛魅削光，時間一旦出發便無法回頭，她反倒明白了一件事，即便沒有第三者，他們終歸要走到這一步。

哭啼持續不歇，如盛夏蟬鳴響徹耳膜，愈發鼓譟。一、二……，媽媽的恫嚇已虛脫，徒具形式，更多為表演性質。哭到後面幾天，即便音調都岔啞了，那懷裡的小獸仍不棄械，三不五時想起便尖號幾聲，坐實自己的賣力出演。

路不斷向前延展，他們卻身陷椅座動彈不得。她輕握丈夫的手，在對方耳畔低喃了幾句，試著帶領他作拉梅茲呼吸。自己深知那脾性，不過是座相對靜止的休眠火山，愈隱忍，愈一發不可收拾。她跟著徐徐吐納，心想，也許專注呼吸便能轉移疼痛。

雪後短暫放晴，雪胎在結冰的路面緩速駛進，軋出一道道筆直胎痕，即便抓地力提升，下坡段仍可感覺些許不受控，不停打滑。周遭是無盡的深白，萬物皆被落雪塗銷。這算是個極低熵值的世界吧，天地一色，沒有流動，不再混亂失序，令她聯想起橫向卷軸式的瑪莉兄弟電玩遊戲，背景一路展開，而他們的小巴始終只是原地蹭蹬，不曾挺進。這地方像一座無比艱鉅的迷宮，沒有過去和未來，不確定置身在哪，哪也去不到。

下了車的放風時間，套上冰爪的鞋在積雪中艱難地跋涉，每一步都得用盡全力。

一對年輕情侶佇足邊坡，反覆同個遊戲——女孩毫無懸念往膨厚雪堆裡躺，以大字仰倒的姿態被穩穩承接，半個身體都埋了進去，男孩使勁將她拔起，雪花迸散，兩人咯咯笑個不停。

再往前走，稀疏的人頭一下讓風雪颳散，宛如走在一座靜蕩無人的廣場，遊戲已散場。所有樹木都光禿了，滿頭白雪，唯遠處似是有棵尚翠青的樹，遺世獨立，枝葉讓霜雪凍結，彷彿被時光一瞬封印，未曾枯去，只是深睡。她氣喘吁吁，遙視著夢境般的場景，嘴裡呵著白煙。此刻她深深體悟，他們僅有彼此了，眼前和身後再無一物⋯⋯。

搭機前一天他們參觀了硝子工廠。古舊木地板咯咯作響，各種形色的油燈、風鈴及雕花器皿幽曖中閃閃綽綽，光影和人影流轉，柔美溫潤。滿室的玻璃製品同冰雪一樣通透純粹，硬度相仿，易碎卻也堅實，將人們的臉切割、折射成難以拼湊齊全的碎片。臨去前，她獨自逛到戶外庭園，猛抬頭，忽瞥見庭中一棵枯木上竟掛滿了七彩玻璃珠，夕雪照映下，晶晶霍閃，彷彿滿枝枒琉光星子，也像蒼茫暮色底無數眨巴的眼睛。

回程路上，約莫連日堆壘的疲憊爆發，後座嬰孩又開始鬠氣，捶胸號啕起來。咋！最末丈夫終究情緒雪崩，忍不住出聲喝斥，轉過頭，恨恨瞪視那隻始終關不掉的鬧鈴。她先是發怔，接而感覺有什麼開始消融，一片一片安靜地剝落。小傢伙似乎也意會到事態嚴重，登時打了個寒噤，哭聲一秒摁停，車內鴉默雀靜。

心電圖面板上，綠色電波平靜地重複跳閃，她敧著頭看，空闃的心底答答泛起水滴似的回音。不久，數種混合的麻醉劑一點一滴悄沒聲注入血液，迅速流竄體內，她便將無聲無臭、無痛無感地睡去。數小時後在恢復室醒來的自己，和本來的自己或許不同樣了，或者只是多了道疤，她心裡明白，即便他們把彼此割除了也未必廓得清，那病早蔓開。一如她右手臂至今仍留有肥厚的疤，因體質和不純熟的刀法導致癒合不全，疤痕組織過度增生，成了一道只能淡忘無法遺忘的記憶。

麻醉師到了，穿戴好齊全的手術裝備，和醫護人員短暫交談。

「李小姐，我們現在要進行麻醉囉。」她解說著，一面自點滴管推入藥劑。

「倒數十你就會睡著，睡一覺醒來就好了。」

聽來就像魔術或幻術，人被對半剖切或千刀穿戳，彈指便又復活。她闔上眼，在心底默數了起來，彷彿再次回到兒時的遊戲場。十、九、八、七……，想像自己正一點一點潰散、消融，進入意識的冬眠，那裡深沉而無夢，不再意識疼痛，也不再意識情仇。她感覺漂到了一座冰荒之島，一片白色迷茫的世界。

雪緩緩降下，身體彷彿落入黑洞並趨近中心，被強大潮汐力拖曳，擀麵似愈抻愈長，最終將完全失去維度且無可挽回地消失於奇異點。萬物皆無法脫逃自然淘汰法則，強求的終究留不住，所謂偶然，不過是出乎意料的必然，一如有人醒來，必然也有人永恆睡去，化約小數點後，每個遊戲總有人要當鬼。在那異常寧和的片刻，有一瞬，她忽忽想，也許消失（或被誰消失）是世上最美好的事，就這麼一覺不醒，從此再無須躊躇是否被人發現。

「深呼吸喔……」

　　她隱約聽見麻醉師說，像自遠方傳來，感覺眼皮非常沉，身體卻飄飄然，用最末的力量深吸了口氣，敲破意識的冰磚，那薄薄一層似玻璃通透澄澈，潛入闃森森的冰海。冰下仍有水晃動，前方琉光瀠瀠，她便迎著那光，滑向未知的境地。

影子情人

電梯門在B3開啟，他箭步跨了進去。三面包夾的玻璃鏡裡彷彿有許多個自己紛紛自不同空間走出，與他併立，一同俯首斂息，無語。過於寬敞的二十人用豪華客梯反倒膨脹了那股擠迫感，他直視鞋尖，迴避鏡中壅塞的身影。左上方監視鷹眼鳥瞰著自己，他反射性舉起手，扣低鴨舌帽，此時他已卸下西裝，換上一身輕便運動衫褲，鼠灰色風衣拉鍊一路收攏至下巴。鋪著大紅絨布地毯的電梯緩緩攀升，時間一頓一頓，樓層跳閃著，他想像自己正貫穿這龐然巨物邃黑的肚腸，那宛如宇宙蟲洞，一條從地底通天的捷徑。

他站在隔音鋼木門前，習慣性探看左右。一如往常，天快轉亮前整個樓面空闃無人，連隻鞋或傘也不見，閉不透光的ㄇ形走道默默折入牆角，兩端黑屑屑，像磁鐵由淺而深吸聚了密匝匝的沉靜。他輕咳一聲，摁下電鈴，感覺有人捻腳自貓眼洞窺。好一會，門開啟。

他站在坡道出入口賣力打著手勢，陽光傾盆潑瀉。上班時間一臺臺轎車自地底深處吐出，稍憩，撢起陣陣塵煙，他左顧右盼，高舉指揮棒，吹哨，以肉身擋下直行車，對其後隆隆的砲火充耳不聞。這是他一天中最繁忙的時刻。身為大樓保全，尤其豪宅物業管理，對憲兵退役又木訥寡言的他來說再適任不過——每天值班十二小時，穿著貼身黑西裝，別著無線電耳麥，整個人給熨過似筆挺地站哨建物大門及車道口，一一覈對賓客，送往迎來。黑頭車進進出出，緊閉深色窗膜，他必須熟記所有住戶車型，像敏銳的車牌辨識系統迅速比對每一組車號。

當然除門禁和接待，還得打點眾多雜務，比方午間收發包裹郵件，傍晚照明與空調管控，大夜每鐘點巡哨維安，監看監視器畫面，撰寫工作日誌……等，此外，代客採買、傳真、叫車，住戶疑難和糾紛排解皆屬服務範疇。他是個盡職的雇員，做事恭謹，待人謙和，住戶每回進出，好比十六樓C，計程車一停靠大門便箭步趨前接應，開車門，以手遮門框，遇雨則幫忙打傘，出國返國協助提放行李。十六樓C經常一身淺駝風衣，戴著寬版墨鏡，踩著大紅或純白高跟鞋，行事低調，出入神祕。至於他，細心周到卻從不多話、不干涉，彷彿自己是她的貼身保鑣。

他也確實是擅觀察、觸覺敏銳之人。大約先天口語隘塞，從小在師長同學眼中老實過頭近乎自閉的他，其餘感官格外奔放，當有暖陽細細篩進無人知曉的心海，便如海葵趨光舒展纖軟觸手在蔚藍中搖豔，攝食、游移和防衛。他擅長繪畫及攝影，精細素描尤為寫真，那種真，非形象細緻度的揣摩而已，而是能確切掌握對事物的整體觀感與認知。他喜歡退居角落靜靜勘察周遭，在大腦暗房裡反覆沖印底片細節，以及，潛伏鏡頭後監看住戶一舉一動。那彷彿數顆長鏡頭底下無聲流動的黑白電影，只消夠纖細便能在看似無謂的畫面、日常冗俗裡，讀出意味深長的對照和隱喻，甚或摩斯密碼般不可告人的祕密情事。

比方男人總在雨夜出現，每月固定兩次。他們不曾打照面，男人以感應器開啟車庫門，駕著黑色賓利緩緩滑入坡道，在地下室泊好車，泰然走進電梯，兩腿八字站開，橫據，等候時或閉目養神或伸手撢撢西裝，讓中廣巨腹給撐裂的手工訂製衫排釦彷彿隨時會爆彈出。他向後貼靠椅背，勾起下巴，雙臂交叉胸前，俯視下，男人的雄性禿格外入眼，畫面中看不清臉上表情，卻能隱約捕捉到那倨傲神色。他一瞬不瞬盯著，直到電梯抵達十六樓，門開啟，男人走出鏡頭。

送外賣的餐館小弟後腳跟上，狼狽入鏡，身後鏡面瞬間起霧。通常是附近著名川湘料理或廣東燒臘，三、四人份量。數個鐘頭後，雨停了，男人再次走進電梯，瞥了眼手腕上的金錶，掌心揉肚皮，又短暫閉目養神起來，忽忽張嘴，半晌，無聲地反芻幾個飽嗝。他幾乎嗅覺密閉空間裡那股油餿膨脹的味，下意識屏氣，皺眉。

他臨窗而立，端著烤花骨瓷杯喝茶。這杯瓷質輕薄明透、溫潤乳白，像一隻讓他小心給捏握掌中的雛鳥。高樓層視野通透，風也狷，颼颼呼嘯而過，白色蕾絲窗簾浪滾著。他第一次站立這視角，發現原來從她家臥室窗口向外眺，底下便是警衛哨。她是否曾這般靠在窗邊椅看著值勤中的自己？他揣想。她手捧茶杯，蹺起腳安靜地斜倚沙發上，一對探出綢緞睡衣外的細白足踝輕輕挼搓，像海貝發出神祕共振。他也總嗅覺她身上陣陣聞不見的擴香——飄忽，不經心，一種從容的傲嬌。那氣質與生俱來，有點扎，如虱目魚肚綿密的軟刺，落刀或食用時須格外仔細翻挑。

樓下幾顆人頭晃動，豔陽底，學童拖著書包和短促的影子蹦跳過。他眼前浮現某段兒時情景。那時他經常同弟弟妹妹和鄰居玩伴頂著日頭在中山堂廣場揮汗奔逐，玩一種叫「踩影子」的遊戲。遊戲其實很簡陋，即互踩或比賽誰收集最多影子，卻教他著迷好一陣子，連放學也相找要好的同學較勁，沿途偷襲路上行人，爭食無敵星星般累計得分。直到夥伴在街口岔散，獨剩自己百無聊賴遊走巷弄間，仍繼續低頭搜尋，跟蹤前方晃動的黑影，打發寂寞似有一搭沒一搭地踩踏……。

陽光落在窗外，一層薄紗暗影罩在她臉上。她的臉皎淨似雪，除天生膚白，更多是欠日晒少了血氣光熱的黲淡，微笑時，眼角魚尾輕輕拍浮，看得出有了年紀，卻也添增幾許丰韻。英式早餐茶？她燒著水，像問或也不是。他點點頭。兩人似乎不曾交換隱私，連姓名都沒問起過，多半就這麼靜靜待著，喫茶，陪伴或也不是。那一夜，運將把她給車回，人斜倚後座渾身酒氣，他幾乎是半扛著那泥軟又滾燙的身軀走進電梯，在皮包裡摸索半天，取鑰匙開門，將她安置床上，順手卸下半脫的鞋，並遞上一杯熱茶。她長髮如海草散亂，魚嘴歙張，眼神迷茫地瞅著他，半晌，翻胃掏腸嘔了出來。簡單收拾殘局後，他欲起身離去，她卻猛然坐起，白瘦臂膀緊緊箍住他的腰，低聲嗚咽起來。兩週後，某天交班前，她忽然打對講機抱怨玄關吸頂燈壞了，請求協助。爾後他到來總在天將亮之際，帶著兩副熱酥酥的燒餅夾蛋和溫豆漿。

他想起從前自己也曾在下課時間，尾隨暗戀的隔壁班女生，亦步亦趨從教室跟到福利社，佯裝無事又眼巴巴盯著拖在她身後的長影子。女孩相貌清秀，是那種家境殷實又品學兼優的好學生，渾身散溢一股文雅氣，連影子都格外秀氣，輕款款游移磨石子地板上，像甩尾的魚，在他心湖波動陣陣漣漪。走廊碎滿了日光。她腳上那雙沾點髒但依舊純潔的小白鞋，令他初次體會何謂「真」的具體形象。直到畢業，他連話也沒敢跟女孩說上半句，如今想來，或許在他們幼稚的心裡，彷彿只要踩住誰的影子便感覺觸及了、占有了那人。而當時他幾度快步跟上，衝動地伸長了腳，卻始終不曾踏出那一步。

近日陰雨綿綿，溼答答的天氣教人沉悶又浮躁。他待在警衛室，從各個角度切看監視畫面，或讀報，轉著筆桿推敲數獨，偶爾滑滑手機。相簿裡存著兩張偷拍來的照片，其一是她家客廳落地窗及跑步機，另一是散落浴室洗手檯上那些他不解卻感到賞心的粉嫩瓶罐。他點開照片，格放，仔細滑看每個角落——層架上的小說書背、跑步機面板、竹簍裡的衣衫、瓶身貼標……，慢慢回溯，在腦海描摹那屋裡的空間配置、擺設，以及整體氛圍。已忘了多久不再提筆構圖，連自己都難免質疑，除了徒具不知何用甚至有些棘手的感受力，會畫畫這事，對人生似乎並未帶來其他助益。

他接著勾勒起鏡頭外的風景。無聲的雨鋪天蓋地落著，此刻，在不被監看的自由世界，也許她正臨窗凝視霉晦的天空，在那幅時空靜止的肖像畫裡，眉宇間流動的是怎樣的感情？

午休時，他掀開猶微熱的便當。不喜油膩炸肉，虱目魚肚是他常點的菜色。魚肚無刺肉質較軟爛，厚切帶層刺的同魚骨蒸燉入味，反更鮮甜。他刨淨竹筷，熟手地順著頭尾向大塊夾取，入口，再由舌尖挑吐出一根根暗刺。他喜歡剔刺慢食，像蠶碎嚼葉緣，彷彿這樣才能吃出箇中滋味。

「你還真不怕麻煩。」

同事行經身後，探了探他的便當，說。

午休後，他抱著揀好的郵件步行至各樓投遞，在無人的C棟梯廳，舉起信封袋就著破雲的日光前後翻看。那信箱塞入的多半是廣告印刷品——紅酒型錄、百貨週年慶專刊、名錶鑑賞邀請函、股東會開會通知，以及旅遊雜誌、小說刊物……。幾乎無私人信件，也未見繳費單，即便如此，這些生活線索仍有助他抓握些許現實感，一如那些散落雨遮、擋風玻璃或西裝上的毛毛雨。

雨暫且停了，但他知道這雨還要再下，只是料不準何時。一隻癩痢小黃啪遝遝甩著溼黏尾巴踅至門口，見他趨前，舉旗似搖了幾下。他欺身，忽忽作勢提腳，小黃狗便夾臀一溜煙遁入了前方花圃，地面雨窪一絲漣漪也未起。無關悲憫，職責罷了，他也經常這般驅趕逗留大樓外圍的可疑人士或流浪漢。時間會教人習以為常，心漸如止水，正如自己看守了近十年豪宅，日子過得煞有介事，彷彿也適得其所，實際不過是只空殼，影子般存在。他甚至沒有名字，即便胸前別著小塊燙金名牌。保全，住戶都這麼叫喚他，開門、跑腿、代客泊車，就連她也習慣如此稱呼自己。

時間也教人恍惚，愈是千篇一律，愈輕易晃眼翻過，尤其跨越不惑之年後，時間線軸倏忽綳斷，他雙腳一軟，接著日子像失速驟降的電梯令人驚出一身冷汗，閉緊眼不敢想像。他向來安守本分，無怨尤也無所求，升學、就業、成家……，一路平穩推進，至少他以為是推進的。也不是沒盤算過，這到底是份賣時間的差事，前景無光，他愈來愈強烈感受周遭攏聚的黑，深沉無底的那種黑，若無法內部遷調，勢必得轉換跑道。

每日鹹淡一般的便當把舌乳突磨光，生活粗糲也漸將他敏銳的感官搓糊，彷彿連雙手指紋都給銼平。他困惑，同樣無所事事，兒時的虛擲令人感覺無比充實，如盛夏飽滿的烈陽，連踩影子都樂趣無窮，現今卻像燃盡光熱的煤球徒剩虛耗。這些年日子過得平遂，他感覺像海葵占了個有溫和間接水流的舒適缺，再一動不動，但偶爾，極偶爾，心底仍會泛起惶惶漣漪，在那無盡墜跌的電梯裡，再睜眼，自己或已成霉暗大廈裡的管理員，如杯口茶鏽，給牢牢卡在櫃檯後一把窄仄的老藤椅上。

他厭惡腳底傳來的那份虛空，彷彿沒有什麼是真確的，世界隨時可能塌落。現在他才知道，踏出那一步其實不難，他便是這麼自然而然走進那電梯，步往那扇門，進入她的身體。

他的手又再活過來似，輻射各種色彩和情感，像張曳的網，也像一朵海底向日葵把自己皺縮起來，再伸綻，皺縮，再伸綻，觸手內細密的倒刺戲捋著獵物。他把她的身體當成了畫布，十指噴勃熱氣，將數百萬個肌膚毛孔熨得柔貼，微微電麻，她忽忽一鬆，悶哼了聲，攣著手腳自內裡深處抽顫。從她肌膚泛起的疙瘩，那成片紅腫螫傷，他得以知悉她欲求不滿的不只性，還有愛。從前總感覺她遙遠神祕，高不可攀，如今卻不同，他已經踩了她的影子，倒不是因侵占了身體，而是目睹過對方最軟弱、難堪的一面。即便事實上，他不曾一次見過她的影子。

行走陽光底下的人，才有影子。影子像錨，在繪畫裡若形體沒有投影便是飄起的；影子也未必全是扁黯的，印象中從前廣場上那些晃閃的身影就利得割眼，靈活得難以捉捕。前些時候，他倒見識了同樣讓視網膜感光斷片，令眼球極度震慄的黑。那日夜哨，他如常一個人巡視社區中庭和各樓空間，於梯間層層轉進，拾級而上，偵測器般把旮旯暗角都仔細掃探了一遍。手電筒搖晃一束微光，在明暗間切換，打亮時清晰可見夜幕底無數微塵及飛蟲雨下。他聽見自己的步履在長廊響起，踢踏、踢踏，回聲格外拖沓，彷彿許多雙腳八方紛至，與他併行。寂靜夜裡，一切尋常。

當他走進晃亮的 C 棟大廳，發現電梯停靠十六樓，略狐疑，伸手摁了按鍵。面板數字跳閃，電梯緩緩降臨，幾乎沒發出半點聲，身後中庭傳來蟋蟀單調的線性夜鳴，枯等時，人莫名覺得躁。半晌，門嘩地敞開，就在他下意識踏出那一步，驀然瞥見腳下一團黑。梯廂並未到位。他近乎反射煞住了身體，爪緊電梯門縫，這才拉回重心。一切不過瞬眼的事，當下他腦海一片曝白。那是條看似極邃深的甬道，像一口暗不見日的井，或者更精確說，它趨近於洞，無法目測深淺，彷彿可穿越異時空或瞬移的神祕的洞。一股冷風自腳底捲起，逐漸暗適應後，光又一點一點凝聚、還原，他才意識到自己方險些一腳踩空，跌落無底淵中。回神後他如夢乍醒，背脊一片冰涼。

踩別人影子時經常就踩上癮，一路窮追，忘了留心自己的影子，忘了自己也有影子，最後因此變成失去影子的人，或者說，變成了影子。那天後，他發現自己內心存在很深的洞，甚是具象、沒有出口的那種洞，像物質被軋成極度窄仄的空間而形成黑洞，有著強大重力，能銷毀所有掉入的東西，包括光。

每天，那數十顆鏡頭同步傳輸的分割畫面宛如多重宇宙各自運轉，底下的人出鏡入鏡，獨往獨來，過著不相干也渾然不覺彼此的生活。作為一名窺視者，他以為自己是安全且慎密的，像戴太陽眼鏡的海灘客躲在鏡頭保護傘下，鳥瞰彷彿遙遠星際播映的人生。直到這天，雨再度悄聲降落的午夜，他如常坐定螢幕前監看畫面，監看男人，或者說數個男人在電梯裡的一舉一動——整衫、順髮、看錶，連連呵欠……。那是個玻璃鏡像構築的世界，在它奇異的空間裡，包括身影，似乎所有事物都會給膨脹，狂妄、卑微、恐懼、罪惡……也將被反向投射。燈照下，無數疊影虛晃。正想得出神，他看見男人忽抬眼睇向鏡頭，一瞬不瞬，彷彿與他對視。

然後男人走出電梯。數分鐘後，黑色賓利的身影沿路掃過B3鏡頭，車道門捲起，車緩緩駛出，稍停，沒往路口去，卻打過方向盤朝門口警衛室開來。男人滑落漆黑車窗，點上菸，伸手喚他。他略吃驚，旋即小跑步上前，腳程有些凌亂。他想盡可能使自己看來尋常。

咳嗯，男人略探頭，壓低嗓，初次同他開口說話。

「是……」他屈身車窗邊。

「那個，保全，」

對方瞥了瞥他胸口名牌，但似乎沒入眼，只淡淡地交代：

「替我留心 C 棟十六樓，注意那裡平常有誰出入。」

「是……」

不斷飄落身上的毛毛雨使他顯得可信，頭髮、西裝都給打溼，雨刷鐘擺著，森冷的車內液晶儀表板燦影流光宛若浩繁的宇宙星系，令周遭格外顯黯。溽熱雨夜，他髮際滲出汗，雙手貼褲側，目光落在溼黑路面上，連連點頭應允。

「表現好，將來可安排到我公司上班。」

「還有，」咳嗯，

「記住別跟任何人提起這事，明白嗎？」

「是……」

男人遞出一張燙霧金的名片，瞇起小到幾乎吃掉眼白的三角眼，瞅了瞅他，伸手彈掉菸屁股，升起車窗，隨即一腳踩下油門，駛入暗夜。

雨季終於過去。久違的清朗天際，霾晦給掃散，四周異常闃靜，住戶用車進進出出，好一陣子不見黑色賓利蹤影——至少在他視線範圍底。男人究竟盤算什麼？察覺多少？和女人關係是否生變？又為何交辦自己這差事……？他上班得閒時，一面解著數獨推敲。但畢竟是開著一棟房子上街跑的人，掂掇的量器與單位肯定和自己不同，心思自是難以揣度。

陽光像二砂細細篩落，空氣是帶點甜膩的淡琥珀，她也一段時日沒出門了，僅僅至對街便利店幾次，靠外賣度日。也許在無人知曉時發生過什麼，也許男人再不會現蹤鏡頭。他不曾向誰提及那晚的事，清晨下哨，偶爾仍踅去她那兒，為小心起見，往往待半個鐘頭便離開，有時做愛，有時只是佇足窗前靜靜喝完或餘剩半杯擱涼的茶。他眺著底下一對顯然交往多時的情侶，也許夫妻，雙腳陷落水面似，身後各自勾著錨重的黑影緩步涉過中庭，忽忽體會，其實影子也是洞，踩別人影子同時也跌落了那裡。原來從前的那個自己，與其說總站於一步之遙守望某人，不如說是小心翼翼想保全某些東西……。

昨日輪休，上午他在家補眠，睡了場久違的飽足覺，醒來頓覺脫胎，下午實踐對兒子的承諾，一家晃著客運來到市郊海生館。他珍惜這般明媚的時光，所有愧怍不安姑且拋腦後，日子再鍊上發條便得以重新擺動。幽敞的館內空間，像潛入異世界，連呼吸的空氣都大不同，腥鹹潮氣外溢整個展區，在金鹵燈投照下，各色海葵搖豔清澈水底，有的狀如卷心花，有的金絲飄墜，幾隻小丑魚在觸手間游蹭，父子倆於水族箱前一一指認。爸比，海葵也會吃掉尼莫嗎？小兒扒著頭問。唔，那樣的情況也是有可能發生……，他腦中翻著家裡那套海底世界繪本。當小丑魚馴化不足或身上失去保護膜時，便可能破壞和海葵彼此間的共生機制，原本的親密關係反成了恐怖殺機，是無可避免的自然律。

藍光玻璃映照出另個自己，如夢似幻，彷彿也拍浮海底，他凝睇著那身影——假使能過上像海葵在暖洋波擺、短距滑行或慢翻筋斗的人生就好了，即便只是一缸海水，就像曾經世界也不過廣場大，他可以踩上一天的影子。至於她，他不免又想，在陽光普照的日子便愈潛匿，把影子整個收摺起，像踮腳走路的貓小心探著什麼，彷彿存在，也彷彿不與他同在一個時空。

午後，陪同電梯安檢員完成例行維保，他汗著身軀走回警衛室，準備與同仁交接班。升降設備運轉正常，唯 B 棟制動器閘瓦磨損更換……。他於工作日誌寫道。大熱天底連呼吸都無法暢順，或許熱脹效應，脖子上的領帶結使他喘不過氣，西服也縮水半吋，一切看似熨貼，卻隱約有些卡，令人不寧耐。那日夜哨，故障的電梯又闔上那口黑井，驚魂甫定，光感漸回復後，他伸手再按了一次。不一會，門開啟，鋪著大紅毯的梯廂到位，與樓層地板水平，內裡敞亮如昔，另個自己也與他對峙，彼此眼神迴避。幾經測試電梯皆起降正常，隔日通報檢修亦無發現異樣，一切彷彿只是夜班神智渙散的錯覺。直墜機坑不過瞬目之間，一步差距，他始終未敢查閱監視畫面，只是往後搭電梯心底總有懸念，腳底愈不踏實，當電梯門霍地打開，腦海便閃過一抹暗影。

冷房畢竟舒暢，窗明几淨，像有妥善強光與造流的世界，反倒帶來安全感。他坐下喝杯茶，歇口氣。眼前數十幕監視影像空轉，偶爾一、兩格閃現人影。世事同步發生，也似是彼此無涉，他幽幽想，那些未留印跡的過去是否真存在過？一次抉擇有多舉足輕重？他無從識別那影子究竟是黑洞還蟲洞，是否有去無回？是澈底消失洞裡或跌進另個宇宙？但他知道，唯有穿越蟲洞才可能引起一絲漣漪。說到底，他不過是想要一處容身，在這世界的毀墜已無可挽回時，他仍有慰藉，另個世界裡一切可能從未發生過。就像電梯在日復一日開闔中的一次偶然出岔，走眼或錯位，他想，也許自己並不曾走進那扇門……。

突然間，警衛室門被砰地推開，抬頭時，男人已來到眼前，他尚不及反應便給一把揪起。混亂中，他瞥見她亦快步跟了進來。

男人將他扣倒桌上，水杯也順手掃落，碎散一地。

「就是你！」

「許——總，」他嗆咳：

「您是不是誤……」

「我調過監視器了。」

對方較他矮半顆頭，但手勁十足，揪緊衣領不放，勾起下巴說：

「上個月十九號凌晨你曾進出十六樓，拍得一清二楚，還想賴？」

他感到震懾，餘光飄向同事。對方像寄居蟹退踞牆角，沉默。

「您真的誤會了……」

他腦中攝錄機快速回放、暫停，鏡頭推近，看見清晨的電梯裡自己低頭轉著一只方盒。

「我只是下班順道送貨上去，」那天他的確隨手帶上她的網購包裹。

「楊小姐那時通常還沒睡……好意請我喝杯茶再走。」

「別這樣，」

見男人稍遲疑，始終隔岸觀火的她便順水推舟。

「拜託別在這，有失你的身分。」

「就跟你說了，」她輕描淡寫，道：

「他只是個保全。」

原本窄仄的警衛室此刻更顯擠迫，這句話像根刺在脹緊的氣團上戳出洞，緩緩消了風。僵持一會後，終於男人鬆開拳頭，瞟了眼他胸前名牌，威嚇說：

「李俊樟……我記住你了，給我小心點。」

「回家吧。」她輕輕拉過男人的手。

「看門狗！」臨去前，男人往他西裝啐了口。

桌面狼籍，像一缸給翻攪過的砂水，明淨窗玻璃外高懸天際的豔陽螫疼了眼，猶如讓一根虱目魚刺鯁住喉頭，許久他嘴愣，臉辣，吐不出半句話。他虛弱地伸手鬆了鬆領口，扶正椅子坐下。男人說得一點沒錯，連他都忍不住認同，無論自己如何虛張聲勢過日子，都不過是條打了領帶、訓練有術的狗。

此後，一切彷彿不曾發生過，他將那些多餘的觸手和口盤全縮摺起，澈澈底底收捲成一顆球。電梯依舊升降，但再不會穿越神祕銀河，他始終只是杵在原地，像給按下了暫停鍵。他迷惘地環視鏡中疊加的身影，那些歧異時空裡命運迥然的自己，究竟哪個才是存在的真實？忽忽恍然，也許每一個都曾是自己，也都不再是自己。

他保全了飯碗，繼續穿著西裝，別著無線電耳麥，開門、跑腿、代客泊車，日復一日，像十根被磨得禿滑的手指。但偶爾，極偶爾，他仍會懷念起從前，那些銀碎日光下紛紛沓沓，從自身脫逃似自由奔逐、四處游曳的影子，跑累了，就大字攤躺廣場中央晒影子，熱浪陣陣沖刷⋯⋯。他無從得知，某些蟲洞的存在轉瞬即逝，以致任何物質都來不及從一個宇宙逃逸並抵達另個宇宙，包括光。

傢俱

兩噸半的藍色福特載卡多在店門口閃著雙黃燈，蔡宗穎和隨車工人忙進忙出，兩人螃蟹樣熟手快腳把一套三件組沙發桌椅抬上車，升起尾門，扣上兩側白鐵斗，再在車廂頂牢牢綁上篷布。作業完，蔡宗穎身上整件汗衫已由淺染深，幾乎像條溼毛巾可擰出水來。

他抬頭望了望，眼下仍是晴天，夕陽從對街小學矮牆外成排行道樹濃蔭間簌簌抖落，風吹便掃起一地金箔碎片，但如同方才氣象新聞預報，天氣即將由晴轉陰，遠處天際一片片撕薄的卷雲末端已悄悄浸成暗色，空氣就跟身上的衣服一樣溼黏悶熱，那仍在海上盤旋、動向未明的颱風或許會登陸也說不定，他幽幽想，這兩天可得抓緊時間出車。

送完貨回來，貨車斜插在交通繁忙的兩線道上，倒車雷達逼逼作響，在小工吆喝下，龐碩的車身象步挪進路邊停車位。蔡宗穎一屁股溜下駕駛座，趿著皮拖鞋鑽進店裡。大約是從小搬重物的緣故，他身材精壯但個頭不高，雙側肩背長出兩丸駝峰似的筋肉，經年風乾日晒下，膚色呈一種暗沉無光的黑，遠遠看去就跟一隻深色駱駝沒兩樣。

他和工人從車斗接力扛下向區公所借用的沙包，疊放騎樓邊，雖說這一帶自基隆河二度截彎取直後，二十多年來不曾再作大水，不過由於一樓店面和地下室堆滿了貨品，他仍小心戒備，防範因驟雨不及宣洩造成的水患。蔡宗穎記憶深刻，小時候好像是叫「韋恩」的怪颱來襲那次，半夜睡得正酣甜，他和妹妹們突然被大人的喳呼聲和屋外暴風給搧醒，摸黑起床，打著手電筒下樓一看，發現一樓的水竟已淹至小腿肚，一片鐵捲門硬生生給撬起，像塊墊板劈里啪啦甩著，隱約可見馬路變成了河道，風雨不斷灌進店裡，待售傢俱全浸在混著枝葉的濁水中，一張木製餐桌翻倒如載浮載沉的諾亞方舟，滾滾雨水順著樓梯溢流至地下室，他揉揉眼皮，以為自己仍在酣眠。颱風過後店裡清出一批泡水貨，阿爸插著腰站門口一語未發，目送它們分別車往工廠或回收場，他不清楚那次災損多少，只曉得隔年因此沒能參加國中畢旅，這事著實令他抱憾許多年。

這棟三層樓透天店面，裝潢格局幾乎和四十年前遷入時沒兩樣，除了遠嫁臺中的二妹，其他人口也依舊散居其中，只是房間配置略有調整。大妹離婚後又搬回，占用三樓兩房之一的主臥，年邁雙親移居出入較便利的二樓，單身的蔡宗穎則暫棲一樓店面。說來神奇但似乎也合情，開傢俱行的他們家幾乎沒有自己的傢俱，從小睡的是通鋪，舉凡吃飯、泡茶、寫功課都克難地在臨時湊合或包著一層塑膠套的展示傢俱上完成，一家口好似擠聚樣品屋裡，小心不留下生活印跡，加上空氣中長年揮之不散淡而刺鼻的甲醛味，永遠像未拆封那樣嶄新。現在每晚拉下鐵門，蔡宗穎便窩身一張滯銷的彈簧床上轉著電視遙控器，累了就呼呼睡去。

一樓展示館如一張滿版廣告紙填塞了各種傢俱什貨，床組、壁櫥、斗櫃、沙發、茶几……，甚至破格溢出，連門口也堆疊著一排鞋櫃、辦公椅和電腦桌，更別說被當作倉庫的地下室，整間店鋪簡直被傢俱給淹沒。壓在底下的陳年舊貨保護套都給黏上厚厚一層灰，有的門片桌腳甚至脫漆或擠軋變形。

傍晚時分，店裡依舊悶沉沉，暑氣蒸人，欲振乏力的中古箱型冷氣外加兩盞老式吊扇懶洋洋轉悠，彷彿也跟著打起盹來。唇髭都已花白的老父身套麻紗背心，手握蒲扇晾在一把麻將涼椅上小憩，嘴頰耷拉滑落，阿母交還店面後，進到廚房張羅晚飯。週五，在附近工廠上班、準點打卡下班的大妹拖著嘎啦響的跟鞋，肩著小提包緩緩走進店裡，手上如常各拎了袋漫畫和滷味，正凳起腳撢櫥頂灰塵的蔡宗穎扭過頭，兄妹倆沒開口招呼，只短暫四目交接，便算是打過照面。大妹逕自上樓休息。

但他知道那一瞥其實什麼都說了，在那個迢遠而荒涼的星球裡，他們甚至用眼神交換了彼此的人生。那些年兄妹還同住三樓大通鋪，成天一塊吃喝拉撒玩，大人甫出門，便一骨碌躍上店裡最高級的彈簧床，測試彈力及載重極限般在上頭奮力滾蹬，夜裡關了燈繼續橫叉斜躺鋪墊上，竊聲嘴著各種天馬行空的話題，輪流把玩新入手的玩具，珍惜地嗦著金柑糖捨不得睡去。在那物資貧瘠的年代，大孩子總設法帶頭找樂子，多少受家業影響，蔡宗穎生得一副好手藝，經常吃過飯便蹲踞棋盤桌前，利用廢棄或現成材料自個兒手作，像拋磨時光那樣仔細削削銼銼，風箏、陀螺、彈弓、竹筷槍……

皆能有樣學樣，完成後與妹妹及鄰居小孩同樂。

有陣子受小叮噹漫畫啟發，竹蜻蜓在街頭巷尾颳起旋風，玩伴們爭相仿製，放學後，帶著得意之作相約祕密基地中山堂比試。蔡宗穎極熱衷此競技，投注大量時間心血，彷彿鑄劍宗師反覆校修，檢測螺旋槳葉片不同長寬斜面及傾角的飛行成效，從厚紙板、冰棒棍到竹片，巧手刨出既精美又能展翅高飛的傑作。

一日他和妹妹們在家中試飛，將一枝新製的橘黃彩繪竹蜻蜓置於掌間搓轉，先推後拉再使勁向外旋出，見它順利騰空飛昇，如一小團炫目的金色氣旋高速打轉，兄妹不禁齊聲歡呼，在彈簧床上來回拋玩，未料就在瞬目間，他竹蜻蜓才脫手，大妹旋即哀鳴一聲，他和小妹愣怔，目睹薄而利的槳翼不偏不倚擊中她左眼，隨後墜地，笑聲戛然，取而代之的是驚叫。只見大妹手捧著幾乎脫出眼眶的眼球，似乎一時也給嚇傻，竟沒哭號，只定住不動，臉上表情驚恐而扭曲，鮮紅色的血自眼角汩汩湧出。

因眼球破損嚴重，加上當時技術有限，大妹送醫後被判定須進行全眼摘除手術。

那晚上，家中靜蕩蕩，彷彿開口便有餘音迴響，小妹躲房裡不敢出聲，蔡宗穎獨自於三樓神桌祖先牌位前罰跪至半夜，雙膝發軟，肚皮擂鼓不休。阿爸返家後重重賞了他一巴掌，並將收藏抽屜裡的竹蜻蜓全給翻出拗毀，盡數斷翅折翼，再也不能飛。

當時大妹才升小學四年級，他五年級，家中氣氛自此變得悶沉，阿母日日以淚洗眼，氾濫成災，把視力都給哭壞。那年正逢哈雷彗星七十多年一度的回歸，世界各地掀起一陣觀星潮，電視每天播送彗星航行進程，那顆眼珠子卻像中途毀墜的星球預示了世界末日，他不免也懷疑，一切的莫名所以都和這掃帚星脫不了關係。不過大妹倒沒怎麼哭泣，一隻眼裹著紗布鐵罩，對未來看似還懵懂不清，休學在家療養了半學期，每天依舊吃飽睡、睡飽吃，雖然剛開始生活難免不適應，例如走路偏一邊，容易撞到桌角，不自覺學盲人伸手探量前方，但數月後也就漸漸習慣，跑跳自如，眼前彷彿只是不小心手滑錯開又慢慢校準回復清晰的描圖紙，對突加於自身的殘缺說不上悲憤或遺憾，至多有些難以言明的失落，以及某種讓外界催化的淡淡憂愁。創傷漸癒後，兄妹又玩作一塊，只是蔡宗穎變得較從前更節制與沉默。

一張吃飯拜拜兩用的折疊桌給撐開，雙親痀坐塑膠矮凳上用餐，他則就近站著，邊看電視邊挾菜。氣象報告指出，今年這姍姍來遲名為「露西」的首颱規模已達中颱上限，颱風眼清晰可見，眼牆結構扎實，且目前移動速度緩慢，不排除有持續增強可能，從路徑潛勢預測來看幾乎確定近日將直撲臺灣本島。晚間，外頭的風雖有些燠悶，夜空卻格外清朗，幾顆星星隱約透出密語似的微光。因作息不同，他們一家口多半各吃各的飯，甚少在餐桌上團聚，直到蔡宗穎洗淨自己的碗筷，依舊未見大妹蹤影。

包括例假日大妹幾乎足不出戶，成天窩房裡看漫畫，非必要也鮮少下樓來。那是她從小到大唯一嗜好，床頭總堆疊一落落充斥華服大卷髮、爆乳八頭身及水汪汪瞳鈴眼的少女漫畫，追月刊連載，幾乎臉貼書頁一格格專注啃讀，即便早已不再是少女。

大妹配裝義眼那天，彷彿連假出遊的大日全家動員，一早便盡數穿戴整齊，驅車前赴市區。當然蔡宗穎從未見識過義眼，內心慚惶又期待，一路心跳如兔。一隻巨碩藍眼高掛眼科玻璃窗上，牆面貼著兩幅由大至小或立或倒的C字與E字視力檢測表，底排的螻蟻小到令人瞇眼皺眉，他感覺打進門起，不管走向哪，那巨眼始終眨也不眨冷冷俯瞰自己。飄刺鼻酒精味的診間裡，大夥盯著老醫師自透明塑膠盒顫巍巍拈出一枚約莫壓克力材質的眼球，表面鬃亮，中間虹膜泛琉璃彩光，那近似玩具或道具的異質感不禁令他聯想起平日把玩的彈珠。醫師撐開大妹左眼眼瞼，將那顆珠子像填充拼圖用力卡進眼腔，拿小手電筒探照。若跟真眼擺一塊對照，假眼看上去便相形見絀，顯現鮮明差異——整體彩度太高，眼白過於無暇，既不會旋動瞳孔也無法隨光線反射縮放。包括大妹，在場的人面面相覷，阿爸表情有些扭曲，臉部筋肉搐動，讀不出悲喜，似乎欲言又止但終究未發表任何意見。畢竟怎樣都比原本給掏空剜淨的肉窟窿好，蔡宗穎暗自掂量，若非近看，應也不至於穿幫。

「恭喜！」一陣靜默後，老醫師猛地抬頭看看大家，逕自下結論：

「做得很逼真，很成功。」

裝上義眼後大妹便重返校園，一段時日過去，她亦變得沉靜，同學們喧鬧玩樂時多半傻呵呵杵一旁，如同那隻漸磨漸黯濁的眼，總像遠遠隱退一道無盡的迴廊後，像那些愈發縮小的字母，像逐日塌縮的恆星黑洞。因習慣敧頭看書，右眼近視加劇，臉上多了副厚重塑膠眼鏡，縱然令她模樣看來更憨拙，倒也多少掩飾那顆死氣沉沉且會因重力緩緩偏滑的眼球，也遮擋了外界直射來的目光。

即便隻字未提，她亦清楚察覺周遭異樣的眼光，似是有股引力總不自覺聚焦一方，像盯著對方臉上一粒礙眼的疙瘩。她似乎再無法建立普通的交情，旁人若非面露嫌惡或心存捉弄，便是分外友善。一回下課時間，大妹委屈地跑來告狀，控訴班上幾個愛看布袋戲的臭男生亂給人起綽號，成天咧嘴吐舌衝她喊「荒野金刀獨眼龍」「人稱一流刀一流」云云，蔡宗穎聞言立馬殺過去，揪起小鬼衣領狠狠飽以老拳。放學途中，走在中山堂外成排行道樹下，他興勃勃比劃，未料一路低頭不語的大妹忽地駐足、抬頭，逆光下，瞪著眼冷冷道：

「還不都你害的說！」

蔡宗穎一時愣然，不知如何搭話，只靜靜踩著一地破碎金箔。某天寫功課時，無意間在大妹鉛筆盒夾層翻出一張碎花信紙，上頭以鉛筆歪歪扭扭刻著「打球的樣子好帥」「我愛你」「可以做朋友嗎」……等字語，他的臉瞬間給鬆紅。

「以後妹仔若嫁不出去，你就要照顧伊一世人。」

他耳邊響起平日阿母那語帶責備的叮囑。他亦時常夢見那顆猝然脫出的眼珠，像反覆按下回放鍵，後頭裝了彈簧噴飛又縮回，噴飛，又縮回，有表情似驚恐地望向他。還有那隻總像在某處冷冷瞪視他的假眼睛，內裡雖沒有了生氣，卻依然滿溢各種他無法一一辨認的複雜情緒。

「哥，這隻壞掉的眼睛好像不會流眼淚了。」

一回，大妹發現新大陸般蹙蹙地跑到他面前說。他這才意識到，自己也已許久不曾流淚。

暴雨將至。天邊烏雲開始疊積，有的如巨型鉛錘墜著，空氣也愈加沉滯，一股低氣壓籠罩小島上空。從移動的衛星雲圖觀測，颱風仍滯留屏東外海，一邊逆時針打轉，一邊存蓄海上豐沛的水氣能量，那景象令他想起投幣式棉花糖販賣機，透明罩中，大鍋爐裡受熱的糖液自轉盤細孔高速飛甩拉出薄糖絲，再一圈圈慢慢凝集成白蓬蓬的棉球。從不捨得把錢花在口腹享樂的他，小時候只要大妹嘴饞開口，便二話不說挖出小豬撲滿裡的零錢為她特製一朵綿軟白雲，換取貼在玻璃窗上難得綻現的香甜笑靨，以及鏡片後那似乎隱隱爍動的眼神。

週末自午後起，雨開始一陣陣摔下，時落時停，陽光跟著乍隱乍現，偶爾颳起強風，路上不經吹的傘紛紛開了花，有人索性收起傘逆風步行細雨中。今天大概不會有客人上門了……，蔡宗穎岔開腿坐椅凳上，望著騎樓疏疏落落的行人。事實上，近幾年在電商和連鎖傢俱賣場夾擊下，店面生意一年壞過一年，漸漸只剩街坊熟客光顧，且單看不買的多，當季新品即便給標上「出清」「下殺」等促銷字眼，依舊乏人問津。傳統原木傢俱用料與作工扎實，無奈式樣卻嫌笨拙過時，長年下來那沉手的重量也著實壓壞他的椎間盤及膝蓋骨，特別像這般綿綿雨日，溼氣厚重，他便感覺背上扛了整棟樓似，手腿痠軟無力。

蔡宗穎折過手在腰背敷上幾帖痠痛貼布。雖說單身的時候多，他倒也談過幾場戀愛，不久前甚至曾交往論及婚嫁的對象。兩人透過朋友牽線結識，對方也已屆適婚齡，雖非多出色的女孩但也沒啥好挑剔，穩定交往了一陣子才帶回來見父母。那時大妹已搬回家中，他只能半夜偷偷和女友摸進店裡，捏手捏腳爬上那張展示床，依偎著聊天、看電視，有時克制不住蜜意濃情，動作稍大塑膠套便窸窸窣窣發出令人尷尬的聲響。不過那並非他們之間真正的隔膜，幾度當兩人正親熱，大妹便似幽靈悄然出沒，拖著一襲粉紅蕾絲睡衣翩翩下樓，若無其事飄進廚房翻冰箱或倒水喝。受了幾回驚嚇，女友心生芥蒂，對大妹的行徑頗有微詞。

「你妹怪怪的。」她抱怨說。

這段戀情最末無疾而終，每天拉下鐵門，再度孤身橫躺雙人床上轉著手中遙控器，反而讓他感覺鬆了口氣。蔡宗穎從未過問大妹離婚緣由，倒是她出嫁時的情景依舊如昨清晰。那應是他此生至珍貴的一日，或許要比自己結婚開心，寬慰與不捨更勝雙親，還特地揀齊一卡車髹亮的實木傢俱風光陪嫁。那天他難得穿皮鞋打領帶，在店裡踏進踏出接待賓客，腳趾都給磨出水泡，良辰一到，他匆匆跑向黑頭車前方，放燃一串長鞭炮，劈里啪啦炸得眼前一陣花，迎娶車隊在眾人目送下緩緩駛離，大妹按習俗搖落車窗丟出一把包紅紙的摺扇，他見狀連忙上前拾起，握緊手裡，忽覺得眼眶一陣熱，整個迎親場面像給雨點打花糊散開。

雨勢稍歇，西方天際抖開一扇橘紅相間的霞光，在碧藍襯底下更顯瑰豔，風起時，整片赤黃色火燒雲跟著湧動，磅礴詭譎。騎樓下白蟻飛竄，拖著細長薄翼啪啪衝撞日光燈管，有些闖進店裡，他又想起從前每逢下過雨的傍晚，他和妹妹們總急忙操出羽球拍撲打漫天飛蟻，斷了翅的肉色蟲體滿地竄爬，像某種落雨時的狂歡祭儀，那時廊簷下偶爾還可見幾隻大眼蜻蜓低翾……。白熾燈給啪地摁熄，這天蔡宗穎提早打烊，在鐵捲門前壘上一捆捆沙包，袋口朝內以單排人字堆砌，築起一道密實城堞後，仰頭眺望起暮色，不禁也為那瞬變的幻麗景致吸引，良久，只是靜靜觀看。

颱風登陸，暴風圈正式觸地。入夜後開始風強雨驟，稀微路燈下，對街小學矮牆外整排行道樹給吹彎了腰，尤其雨勢驚人，滂沱豪雨頓時消融大地所有聲響，眼前的景物也彷彿要讓大水沖散開，積水高漲，感覺整座小島就快沉沒……。半睡半醒間，他隱約聽見大妹踩著拖鞋啪啪跑下樓，將他給搖醒。

「哥、哥，房間漏水了⋯⋯」

蔡宗穎迷迷濛濛睜開眼。黯色底，大妹一雙赤褐眼瞳在面前閃晃，宛如夜裡的貓眼珠光流轉。隨著醫學進步，這三十年間她幾度汰換義眼，甚至動了矯形手術，於眼窩植入新式多孔珊瑚義眼臺，使血管及組織深入長成自體的一部分，日後便似半活的眼珠能靈巧旋動，再外覆作工精細的卵石狀義眼片，可定期回廠拋光保養或重新著色，不但早難以辨別真偽，看上去甚至比真眼盈潤水亮。

樓梯間只點了盞燭光小燈，兩人摸索爬上三樓。他眼睛適應著黑，用腳小心踏尋階梯，忽又憶起兒時每回颱風來襲必停電，夜裡某一瞬間整棟樓像給拔掉插頭轟地消了聲，陷入一團暗，所有電器中止運轉，屋裡靜落落，只剩窗外鬼哭神號，兄妹三人惶惶挨擠一塊，他悶得慌，便領著她們倚賴有限的視力順牆下樓，蜈蚣樣齊步走，一面蹭行，一面為腳下那黑洞洞的恐懼而不安，大妹是否也日日這般孤寂無助？

亮晃晃的三樓通鋪，地板散落半掩的漫畫及掀起的被褥。他進到許久不曾踏入的房間，發現臨街那面牆自牆頂接縫和窗沿滲進水，已濡溼一大片，像堵哭泣的牆正汩汩淌著淚，劃下一道道灰濁淚痕。天花板一具嵌燈座也滴漏，底下銜著一隻快盈滿的美少女戰士馬克杯。蔡宗穎套上雨衣爬至頂樓查看排水孔，清了清卡在落水頭的枝葉穢物，回房裡，在嵌燈下換上塑膠大臉盆承接，協助大妹用毛巾抹乾地板。雨水落在盆裡發出清脆的聲響。

「只能暫時先這樣了，」他莫可奈何望著那堵牆，說：

「過兩天颱風走了再找師傅抓漏。」

為方便隨時處理滲水，這晚蔡宗穎決定留宿三樓，兄妹倆再度同睡大通鋪，此景彷彿已是許久世紀前的事。熟悉的紅橡木地板透出涼意，感覺吸足了溼氣，兩年前為迎接大妹歸來還重新整理蠟過。睡習慣彈簧床，板床稍嫌冷硬，澀澀抵著骨頭。他枕著臂膀，靜靜聆聽窗外暴雨肆虐，以及屋子中央發出時計般答、答的規律節奏，像來自地心，或某個遙遠星球，緩緩匯聚，垂懸，然後一點一滴崩落，化散，初次明確感覺到時間的流速與重量，那同木地板一樣令他徹夜無法入眠。

「哥，」

大妹忽然開口，他才發現她也還醒著。

「我是不是又給你添麻煩了？」

「沒辦法，風雨這麼大，這棟樓也真的很老舊了。」

「從小到大都這樣。現在我就跟店裡的退貨一樣難處理吧？」

「你怎會這樣想？」

蔡宗穎錯愕地轉過頭，微光下四目相照。

「沒這回事，別亂說。」

他旋即回過身，平躺著，有些賭氣。

兩人沉寂好一會，房裡的滴答聲似乎放大了音量。

「其實我也不想這樣……」

大妹喃喃說。語氣中感受不到溫度，就跟那顆漠然的眼珠子一樣。

歷經數個鐘頭摧殘，窗外似乎聲量收歛，水氣慢慢給抽乾，呈現短暫無風也無雨的狀態。他想像卵石狀的颱風中心正過境小島上方，睜著一隻空透巨眼俯瞰島上芸芸眾生，包括他們兄妹倆，在那平靜的瞬目間，有一小片薄雲飄垂夜空，偶爾拂過習習晚風，或許還有若干星斗綻爍。

每當他閉上眼，大妹雙眸便霍然浮現。那貓一般迷離的眼神始終令他猜不透。隨著眼睛構形愈來愈擬真，她愈來愈少吐實，生活也並未因此更燦美，反倒像一顆彈開的彈珠，或加速離去的彗星，挾著岩塊冰渣，拖著灰塵掃帚，在不斷膨脹的宇宙裡循著某神祕拋物線軌徑淡褪，漸行漸遠，最終給甩出了太陽系，永不復返……。

天就快亮了，蔡宗穎始終未闔眼，勉強撐起眼皮盯著天花板那盞滴漏的嵌燈。一旁大妹發出勻緩的呼息，恍惚間，他彷彿聽見十歲的她氅氅地跑來，將他給搖醒。

「哥、哥，你會做這種嗎？」

「哪一種？」

「小叮噹裡面那支會飛的竹蜻蜓呀，」她舉著漫畫，露出晶亮渴望的眼神，說：

「裝在頭上就可以帶我去任何想去的地方。」

東方天空透出一線曙光，他捲起鐵門緩緩步出店門口。外頭只剩斜風細雨，路上還杳無人跡，對街小學外牆行道樹葉落枝折，整列機車骨牌東歪西倒，幾塊招牌也搖搖欲墜。騎樓散落著前晚的飛蟻脫翅，晨曦下薄溼透亮，像永遠也飛不遠的竹蜻蜓失去了動力，終究要飄搖落地。

蛤蜊

正午十二點鐘響，校門口頓時像七彩彈珠嘩地滾出了許多孩子。蔡淑珍把車借停對街一家模型盒玩專賣店前，舉起倚在車窗上的手，用力揮了揮。五月愈發張狂的炙陽下，小兒子縫著眼站定路口張望左右，渾身反著琉璃光叮叮咚咚跑向她。

「學校今天好玩嗎？」

她綻出兩顆招牌似的兔寶寶牙，微笑問。

「你知道，差不多就那樣囉……」

已抽高至她鼻頭的小鬼汗著臉，聳聳肩，一副老氣橫秋模樣。蔡淑珍噗哧笑出來，心想自己小時候可不是這麼早熟吧！她遞給他面紙擦汗，又探身打開副座手套箱，取出一彩盒。

「喏，給你的。」

「哇嗚——」小鬼迫不及待拆封。「新一代霹靂黑兜！」

盒裡是一隻可裝卸彈弓、風鏡配件的騙人布公仔，她擰了擰他完全複製自己的圓挺鼻頭，那是母子倆一致喜愛的角色。畢竟內裡裝的還是小孩吶……，她感到心滿願足，瞟了眼此刻已萬頭攢動的店家騎樓，倒車，腳踩油門緩緩駛離。

用過午餐，送小兒子上兒童美語班，蔡淑珍接著轉往市中心一家健身俱樂部，約莫三小時空檔，她估計自己可以悠哉游個泳、洗個三溫暖，之後下樓逛一會書店或上超市採買，四點，會合小鬼同接女兒放學，好整以暇打發這段青黃不接的時光。

車子在一家連鎖咖啡店前停等紅燈。毒花花日頭下，戶外座位區空蕩無人，架高的南方松露臺上綠蓬蓬的麵包樹撐開一傘蔭涼。過往休假，她時常同姊妹淘在此聚會，幾個未婚的大齡女生攢簇一桌，自成氣場，像極某種互助會，成員彼此傾倒情緒垃圾，燉補心靈雞湯，或同仇敵愾地扔出握在手中的石頭。

蔡淑珍倒鮮少抱怨什麼。這當中唯獨她嫁得早、生得快，人生進度按表操課，稱不上無怨悔，但至少讓她腳底塌實。單身女子話題總兜著工作和戀情，錯綜的枝狀圖，情節超展開，說不膩也聽不厭，日子猶是一把帶土的翠青蔬菜生鮮得很，而自己掀開無異一鍋冷飯。脫離職場，成為全職家庭主婦，生活平順得像扭開水龍頭，她甚至無炙手的婆媳情結好說嘴，久而久之，每當她想開口評議什麼，便給群起圍獵。

——小白兔哪懂社會險惡。

——寧可在家洗米，也好過在外為五斗米折腰。

——哎呀，像你這樣好命就好啦！

話說得醋溜，像醃漬白菜包捲層層語境，剝開愈裡愈酸脆。她多半憨笑以對，用兔牙粉飾切齒的恨。

樹下光影斑斕，風起時晃得人有些出神。每當插不上嘴，她便聽而未聞，行若無事啜著咖啡，探出指甲修得短矬的食指輕輕碾軋桌角疾行的螞蟻。縱使婚姻生活苦樂參半，那酸言醋語反倒令她噤口，凡事學會去梗拉絲揀著說。她漸為人與人的交往感到倦乏，那暗中拉鋸及攻防，即便玩鬧或遊戲也免不了擦痕磕傷，當疲憊感襲來，她渴望喊出暫停，或假想自己生來也有副蚌殼，閉殼肌輕輕一搐，就能瞬間內縮無人喧擾的世界。

蔡淑珍想起之前修繕房子，工人告知於主臥浴廁天花板夾層端出一窩螞蟻，黑壓壓為數驚人。雖未親眼目睹，螞蟻只零星現蹤水杯或糖罐，但從此端坐家中時不時犯癢，說不出的異樣感自腳底竄起，常不自覺把肌膚爪出一塊塊紅疹，那蹭爬並非於體表，卻像穿入了皮層內裡。

新開幕的健身俱樂部位於商場頂樓，設有室內溫水池、男女三溫暖、水療池、健身房及瑜伽教室，戶外另有一座空中泳池，屋頂鋪設半露天採光罩，架起一扇拱形玻璃格柵，天晴時，整張池面溢著碎金水光，那溫暖的投射令她感覺肌膚毛孔都痛快地歙張。

蔡淑珍著完裝，在落地鏡前穿戴泳帽，置中對齊花色，仔細收好兩鬢細毛，壓腿拉筋作了簡單暖身，這才自更衣室走出。她沿池畔步行，小心踩踏溼滑地磚，束貼的泳衣令人彆扭，一雙空出的手也不知往哪擱好，身體所有起伏一覽無遺，即便保養得宜，努力收著小腹的自己仍揮不去赤露之感。她記得國中游泳課，本是愉悅的泅水時光每每讓泳衣給搞砸，渾身不對勁，整節課像半掩著殼瑟縮肩，那漸無法遮攔的胸部以及羞恥的濃黑腋毛，讓走向泳池的每一步都如履針氈。她初次對長大起了抗拒心。

那天在賣場，逛見電梯旁占據半邊樓面的促銷花車，套著繽紛泳裝的模特假人走秀般一字排開，眼前豁亮，才驚覺夏天已到來。似乎自懷孕起就不曾游過泳，連浸入池中瞬間雞皮疙瘩的膚觸都要遺忘。沒有一件遂意的泳衣就無法下水，她在花車前躕半天，穿脫數回，終於選定一套青綠色挖背連身泳衣。

「妹眼光真好，這是今年最流行的韓版，腰背鏤空特別顯瘦，拉長了整個背部曲線，還有胸前層次抓皺設計，視覺上會更豐滿喔，像這樣露得不多不少最性感……」

售貨阿姨滔滔不絕。不過她看中的倒是下身那瓣荷葉收邊短襬，恰好修飾了產後怎樣努力都無法再微笑的臀線。結帳時，瞥見一旁健身俱樂部廣告立牌，上頭海天一色的景觀泳池令她駐足。

「姊是不是很久沒度假了？這是我們新推出的『城市微放鬆』優惠專案，非常適合忙裡偷閒的家庭主婦……」

午後腦波特別弱，意志浮沉瀲灩波光中，在鮮肉業務半推半就下辦理了會員，那陣子便以整理房子為由，漸少出席姊妹淘的聚會。

陽光自棚頂花灑下，讓光學玻璃濾除紫外線變得柔煦，以文火慢慢煨暖肌膚。除右側水道，其餘為直游區，泳客個個身手敏健，在微放鬆的週間午口優哉游哉魚貫梭行。她縱身一躍，張嘴吸足了氣往外蹬去，溫潤的水滑不溜丟鰻過肌膚。多年後再次下水，原本有些忐忑，沒想一觸水便像給放生的魚倏忽翻身扭肚，輕甩尾，所有泳技全本能地召喚了回來。游泳是最省力的運動，浮力和重力拉鋸，一旦移動就會失衡，前進倚賴不斷破壞及重建平衡，或許外人看自己日子過得如魚得水，住寬敞透天厝，浴室乾濕分離，廚房有中島設計，買菜也無須錙銖算盡，外加兒女雙全的「好」命，再不滿便是貪求，無病呻吟。可就是感覺哪裡偏斜了，讓陣陣激流沖壓，如何都無法擺正。她使勁撥水，掞展彷彿給長久擠軋彎扭的肢體。

有些技藝學會了便永誌不忘，慾念和迷惘也是，一旦被勾勒再難輕易抹滅。她在水底憋氣、吐氣，破出水大口吸氣，每一次交換都像陷溺，努力唧滿脹肺的氧，喉嚨深處發出哮鳴，唯有如此，才感覺自己仍在呼吸，那長年沉水攀滿藤壺海藻的軀殼也浮鬆了起來。當閉氣潛入水世界，日照折射下，清淺的底座玻璃馬賽克撲閃，晃成一池滾散的彈珠，讓她有種穿入時光長河的錯覺，恍惚溯回童年。

每週兩次，蔡淑珍總會和男人不期而遇。健身房和空中泳池毗連，隔著玻璃帷幕彼此一覽無遺。會員多熟面孔且獨行，這時段除了學生，就以看來有些社經地位或退休人士為主客群。

近年連鎖運動中心蔚為風尚，起先自己亦無法理解，一等不相干的人關在空調室內整齊劃一踩著飛輪、咬牙硬舉臥推，究竟有何樂趣？除了瘦身體雕、休閒紓壓，在跑步機履帶上追求假想中的生活品質，或於玻璃櫥窗前展示嚴謹自律，後來她漸嗅覺，那專業裝束底下賁張的筋肉、豐柔的體態，還流動著香氛古龍水也壓不過的信息，隨身攜帶的刺激物，她想那大概類似鯨豚競逐、彈浪或鰭觸鰭，某種極原始體感的，用以探測同族類的暗語。

通常他們在比鄰的水道相遇。從那斧鑿的側臉輪廓和勻亮的可可膚色推測，男人約莫年近六十，顯然事業有成（正如旁人看來自己身後亦貼著「主婦」標籤），長期規律運動的緣故，身形及體力維持良好，肩寬體厚又無過度浮誇的油膩肌肉，自由式長泳不落地折返游來臉不紅氣不喘，每回觸壁轉身，只見他完成最後一次劃臂，屈腿翻體，雙腳順勢蹬牆，接著側轉滑行，從容綽有餘裕，只在池中短暫波瀾，如一頭潛移的虎鯨。游完一千五百公尺，男人便起身更衣，上健身房鍛鍊斜板仰臥起坐。

池畔擺了幾張實木躺椅，其間穿插幾座她讀不懂的抽象雕塑工藝，大約是和游泳相關的體態意境，泳客三三兩兩晒著日光浴。中場休息，蔡淑珍也上岸歇腿，掛起太陽眼鏡，腰間披著白色雪花絨浴巾，小腿微蜷，慵懶地半坐臥，在日光投照下，瓷白釉滑的肌膚閃閃發爍，彷彿也是其中一件擺設。除了左臂一道較膚色略淺的疤痕組織，她還注意到男人健身完離開前，會順手用毛巾揩去握把上的汗。

游完泳盥洗後，她接著轉往地下二樓生鮮超市，照擬好的購物清單採買一週食材，補充牙膏、洗衣精等日用，順道逛了會新開幕的藥妝店，然後一個人大包小包上車，準備接小孩返家。

電鍋嗆出陣陣白煙，爐口上燉著紅燒牛腩、虱目魚頭魚丸湯，炒鍋裡悶著軟爛出水的絲瓜蛤蜊，火力全開。蔡淑珍一面調味試鹹淡，一面在砧板上切切剁剁，刨絲紅蘿蔔小黃瓜，八爪俱張。

等待之際，她騰出手清理桌上的購物袋，簡單處理菜料塞進冰箱，將備品收納櫥櫃，突然間想起什麼來，摸摸褲袋，掏出一盒三入裝的美容剃刀。她愣怔，總在以為已忘卻時，心頭那道老隱隱作癢的傷疤倏忽又給刺了開。

那年她讀小四，自動鉛筆盒剛問世，軟膨膨的卡通塑膠皮看起來十分高級，盒底可抽換日課表，壓下按鍵筆槽便折起，暗格還會彈出卷筆刀，頓時風靡小學校園。家裡開店做生意，經濟不特別寬裕，爸媽也節儉成性，她很是欣羨鄰座學藝股長新入手的文具，上頭彩印金髮碧眼的喬琪姑娘，底抽鋪滿香香豆，不時同對方情商借來把玩，心心念念欲汰換使用多年的鏽鐵盒。每回路過同條街玩伴家開的「根本文具店」，巴望櫥窗裡不斷推陳出新的款色都要揪心。

直到某天游泳課後返回教室，蔡淑珍嗅覺班上氣氛詭異，學藝股長紅鼻淚眼的，包括級任導師所有人目光全投向她。待回神，才釐清原來對方鉛筆盒搞丟了，而自己無疑是最合情理的犯嫌。她矢口否認，激動得面紅耳熱，因而更莫名心虛。由於抽屜和書包裡並未查獲贓物，最後老師只讓她在教室後罰站整節課。門外吹來溼黏的風，她咬牙晾著，腦袋轟轟響，只聞見自己身上的消毒水味，一頭還滴漏的髮漸給陰乾。

整個學期，頸背像給繡了塊撕不掉的標籤，人人在身後以眼神掂度她，連至交好友都保持距離，那令蔡淑珍有時也動搖，不禁懷疑起自己，上課時兔牙把兩排指甲啃得破碎，一個人如廁，成日緘默不語，像受激而密閉雙殼的蛤蜊。這事件似乎成為一道分野，她給強加了催熟劑一夕長大，自此和童年根斷蒂離。那年期末公演，她被發派「浦島太郎」裡無人出演的蚌殼精一角，雙臂扛著兩扇高過自己個頭的笨重巨殼，每回亮相，臺下大人小孩全哄堂爆笑，樂不可支，即便多數時間不過半張著殼蹲踞角落，半句臺詞也無。那夜裡，不知是盜汗抑或久違的尿床，睡夢中她潮溼了整床巾。

自此蔡淑珍才懂得，原來慾望必須遮蓋，不可過於揭露。在那之前，她純然是個無思無慮的孩子，每週三放學書包一丟，便同哥哥姊姊殺往中山堂，他們平日街頭巷戰的根據地，和鄰居玩伴在烈日下嬉逐。那時她最愛的遊戲是官兵抓強盜，由兩造人馬猜拳，輸者為官，勝者為寇，於廣場上捉對廝殺。不知何故，她總被分派無足輕重的獄卒腳色，獨個留守基地，看管給拘禁樹下不時蠢動的戰俘，攔阻意圖擾亂的敵營同夥。濃綠的麵包樹搖落陣陣清涼，這差役雖輕鬆，但她其實更眼紅滿場逃竄、揮汗如雨的盜賊們，閃躲之餘不忘挑釁扮鬼臉，要不成為待營救的禁臠也好，這樣自己便能跂盼遠處那雙豹亮的眼，奮力撐長手，等待迎接電掣風馳的掌擊。蔡淑珍頂記得，那老一臉壞壞賊笑的強盜頭子，左臂上也有道翻牆時讓鐵勾給刺開的長疤，光榮的印記。她欣羨作賊的爽快與自由，無拘束狂奔，懶得跑就暫停，若人生也能在無以為繼時，隨時高舉 T 字手勢喊「歐斯 K」就好了。

電鍋啪地跳起，她像讓誰重重拍了一記猛然清醒，驚覺炒鍋裡的絲瓜已煮過頭，熱氣快掀翻鍋蓋，趕緊關了火，隨手將剁刀塞進櫥櫃上層置物籃裡。

飯桌上菜已經涼了，小孩早早用過餐上樓寫功課。蔡淑珍清拾廚餘，聽見玄關大門砰地闔上，便順手將菜湯端回爐口，點火煨熱，等待，感覺空氣中有什麼也乾耗著。之後她上樓，進到主臥，像啄米雞沿途收撿散落的襪子、襯衫、內衣褲……，伸手翻掏口袋，浴室水聲嘩嘩，伴奏五音不全的哼唱，她抱著洗衣籃佇立門邊，彷彿站在一口洞坑外，聆聽內裡傳來空蕩潮溼的回聲，那不尋常的好心情。似乎察覺外頭有人，高亢歌聲戛然而止，尾音瞬間給吸入溼氣中，獨剩嘩嘩的水流聲。

歐式燭臺吊燈下，丈夫岔開蛙腿坐在中島高腳椅上用著不知宵夜還晚餐，扒了幾口飯菜囫圇嚥下，聊表心意。餐廳上演著日常默劇，沒人感覺不自在，蔡淑珍在檯面下洗水果。

「對了，刮鬍刀還有嗎？」

像找到了話題，對方忽地問，聲音有些啞澀。她猜想，那無非也是後話的引子。

「過兩天又要飛上海一趟……」

「左手邊最上層櫃子。」

她答覆前半提問，對後半並不追問，繼續一顆一顆搓洗葡萄，打螞蟻似猛拍了幾下臂膀。丈夫打開櫥櫃門，翻找。

「這維他命一瓶多少？最近在特價嗎？」

他故作隨意問。同款包裝的保健品會繁殖似，數量不斷擴增，大大小小聚擠，裡邊一點的外盒甚至已受潮過期。

「喔，大概四、五百吧，我忘了……」

儘管背對著，也能感受對方正在打量自己。她盡可能讓背影看來不帶情緒。

食物擱久也會酸涼或發潮，沒有不變質的關係。清洗完畢，蔡淑珍自水槽下取出一袋硼砂，剪開截角，挖兩小匙放淺碟裡，摻入花生醬、糖和水拌勻，再放回食品儲藏櫃邊角。近來為蟻患所苦，雖然只零星現蹤，但就是無法殲滅，且無孔不入，她困惑螞蟻如何鑽進密封糖罐又死在那結塊的甜裡？為此還認真上網搜尋，最後放棄成效不彰的防堵和氣味威嚇，改誘捕策略，在其行進軌跡旁撒點誘人卻不立即致命的毒餌，沉住氣，沖杯茶，坐等偵察兵見獵心喜回頭通報，再待搬運工興沖沖抱回戰利品，便可將整副巢穴（包括蟻后）一窩端。

丈夫從洗碗機取出玻璃杯，打開吧檯濾淨器，接水喝，一面旁觀那些他不甚清楚作用的舉措，目光落在她的一雙手指頭。蔡淑珍設好陷阱，拍拍掌心，瞥了眼丈夫，忽地福至心靈生出一念頭，無預警挨過身，在對方耳畔低喃，髮鬢輕觸。老公，最近……，她甚為清楚那呼喚不帶絲毫情慾，不過試探罷了。對這突來的舉措，丈夫顯然有些受驚。

「去游泳了嗎？你身上有消毒水味。」

他皺起鼻頭，面有菜色，連忙將杯裡的水一口飲盡，轉身走開。

週三半天課成為澈底解放的時光，如從前奔向烈日廣場那樣義無反顧縱身泳池中。蔡淑珍破出水面，喘息，任池水自帽沿淌落，隨不同配速和泳姿變換，她得以讓身體放盡氣力，抵達乳酸閾值麻木舒緩進而感覺痛快的狀態，腦袋排空思緒，然後什麼也不想，學一朵鬆軟的水母膨張身體緩緩軋水推進，纖長觸手在池中擺晃一道道藍冷光帶，腦勺迎來陣陣酥涼，那些日常倦怠和沉墜感被浮力銷抵，彷彿自己徒具空殼，暫且自生而為人的窘困中逃逸。

當男人在水中與她交錯，湧聚的綿密氣沫宛如銀河星團迎面撞擊，眼前頓時一片潑白。雖然相隔一水道，她依舊可以感受那股質量強大的重力波，兩尾鯨豚短暫遭遇的水中亂流，小規模海嘯。方才在通往更衣室的廊道，與穿著及膝泳褲的男人擦肩，不確定對方是否向自己略頷首，倉促下她亦報以一個似有若無的微笑。

俱樂部交誼廳備有桌椅，三兩錯落，男女會員披著毛巾或罩袍在此休憩，吧檯販售果汁飲品，提供免費的能量堅果和書報刊物。正當蔡淑珍一面喝著氣泡水，一面翻閱女性雜誌，男人走上前，在一旁的沙發坐下。

「自由式作抱水動作時，其實小臂和手掌無須用力。」

像並肩站在超市生鮮區對蔬果評頭論足，他十分自然地與她攀談：

「看你游泳十分賞心悅目，尤其仰泳，很少人做到這麼放鬆。」

「噢，小時候曾加入游泳隊過……」

她坐直身，下意識挺腰縮腹。

「不過已經荒廢很久了。」

「看得出有些底子。」

「難怪隔天都會痠痛。」她捏捏手臂。

「下次不妨試試手肘再往上抽，也可以用拉力器練習，不明白的地方我再示範給你看。」

「好啊，謝謝。」

「之前沒看過你？」

「嗯，最近才加入會員。」

談話間，她注意到對方左手無名指戴上一隻鉑金戒子，便接續說：

「等小孩才藝班下課，打發時間剛好。」

男人點頭微笑，那面容有幾分熟識。直到長大後，有天蔡淑珍才意識到，原來官兵抓強盜並非單純只是你追我跑的遊戲，而是正邪與明暗兩造的角力。作賊的除了負責遁逃和掩蔽，還得聲東擊西轉移敵方注意力，伺機搭救落難的黨羽，而面對敵暗我明的局勢，當官的在圍捕之餘也必須學設陷阱，適時縱放虜餌，鬆懈賊子心防，再趁勢一網打盡……，其間完整演繹了受害者、拯救者和迫害者間的角色流動，扎實是場心理遊戲。真正令她感到驚訝的並非這層領悟，而是當時他們不過都是孩子，無人教授，那彷彿是與生俱來的本事。

「對了，你的泳衣很特別。」起身離去時，男人讚美道：

「遠遠看去像水面上飄著一片荷葉。」

她露齒笑了笑，肌膚漲紅，使身上泳衣更顯翠青。如一個划臂的起手式，在心底激起朵朵水花。

女子三溫暖室水氣氤氳，仗著幾分模糊，褪去身上的披披掛掛後，一具具肥瘦圓方的肉體毫不遮掩地垂晃、敞開，在沖澡區大方搓洗腋下及私處。這裡是可完全脫卸裝備和濾鏡的場域，眼前走動的既非盟友，也非仇敵，赤身露體時彼此並無太大差異。在主婦眼中，熱池裡的女客倒像一鍋白蓬蓬的魚丸浮水滾著。

吹乾髮，補了點妝，穿戴好收拾之際，蔡淑珍瞟見前方置物櫃門片半掩，幾件衣物和一支腕錶就擱在裡邊。淋浴間水流嘩嘩，她緩緩喝了口礦泉水，待兩個女人前後走出更衣室，隨即拎過包包，臨去時行若無事探手那櫃裡。

每隔一段時日如潮汐回湧，無法抑制體內油然高漲的慾。她生來便是官差的命，秉性純良、膽怯，作賊讓她莫名抒放，在腎上腺素狂飆時也泌溢類腦內啡的快感，天然抗憂止痛劑，像給擰鬆所有螺絲整個人疏解開。初次行竊在產下女兒不久，那時她哺乳遭受嚴重挫折，每天夜裡獨自摸索起床，忍痛擠奶。起先護理師安慰她，初生嬰兒的胃只一顆彈珠大小無須擔憂吃不飽，但隨日子一天天過去，奶水依舊少得可憐，乳房卻脹如石，加上睡眠不足，寶寶夜啼，她常暗夜垂淚，丈夫也只是輕咄一聲，背過身繼續呼呼大睡。

某天她在婦嬰用品賣場選購配方奶，忽忽起心動念，自貨架摸走一盒防溢乳墊，放進購物袋。雖已擬好脫罪之詞，如疲勞恍神、產後記憶衰退云云，可當她背脊發涼，雙腿顫慄，快步通過出口防盜感應閘，內心其實有那麼一絲寄望自己被逮住。結果警鈴並未大作。接連幾次成功闖關，也懂得如何閃掩，她膽子漸養大起來。

幾經交手，她和男人間也漸放膽玩開，透過水的撥撩和掩護，感覺包括整座池子，從裡至外一切都在流動，身體受器全抖了開，如蛤蜊泡在半鹹水中，閉殼肌再度緩緩放鬆，雙殼安心地歙張。水下的寧靜世界，肢體和思緒皆慢動作放映，耳朵裝了濾音器，靜得只聽見自己的呼吸與心聲，快樂給倍數放大。她伸出細管進水、排水，一陣陣抽縮，悠然噴吐體內積淤的沙，大膽探出滑嫩的斧足撈來撈去，周遭風和日麗、無憂無慮，彷彿有個祕密孔穴敞了開，通過它便能戳穿現實的金城湯池，潛入另個軟活的無垠世界，無論慾望或罪惡，全都輕盈、鬆晃起來。

「抬手肘要用背部的力量，手臂往前伸直時，整個背、胸至下腹充分延展，感覺在漂一樣……盡量放鬆，要信任自身的浮力。」

陷溺時，每個人都有自救的本能。自由式向來是蔡淑珍的弱項，強大水阻和左右擺的平衡最是難拿，她似乎從來就欠缺搏浪挺進的勇氣，或總使錯力，令自己狼狽狗爬。男人耐心示範分解動作，寬厚的掌像五角海星自然扶貼她腰間，穩住因失去重心晃搖的身體，偶爾肌膚擦蹭，涼滑觸感則似讓水母輕螫，微量的電顫流過。

接連幾晚她作了夢，夢見自己深夜在無邊際泳池或大海裡拍浮，水面翻起寬展的黑色巨浪，厚滑如鯨魚尾，底下流瀑飛濺，她抓著浪頭起伏，像在巨鯨身上嬉逐、滾蹭，接著便感覺下體一陣暖流溢出，但她知道，自己已不再是那個輕易嚇尿的小女孩了。

「手給我。」

似乎隱約聽見他這麼說。當年她並不知道，所有的遊戲無非都是抓交替，唯有罪犯能拯救罪犯，自死裡逃生。午後陽光在池面跳踉，恍惚中，她彷彿看見濃蔭的麵包樹前，一剪逆光身影閃動，那個童年戀慕的強盜頭子一臉壞壞賊笑，伸長手迎向自己……。

週末，丈夫出門打高爾夫，兩小在客廳玩樂，片刻午睡後，蔡淑珍收下陽臺晾掛的衣物，在房裡架起熨衣板，著手整燙一週分量的襯衫。指甲真可愛，跟你的兔寶寶牙一樣稚氣……。熨斗噴出陣陣水氣，耳邊又溼溼熱熱吹送他的話，她髮鬢蒸出了汗。難以想像丈夫也曾如此軟語，托起她的手憐惜地搓揉，說：「可憐喏，小時候一定是個沒自信的小孩。」為杜絕啃咬的壞習慣，她索性把指甲修成稿紙格子齊齊方方，短到幾乎嵌進肉裡甚至滲出血。蔡淑珍撐開手指頭，檢視，不自覺微張嘴露出一對白胖門牙。她忽又想起游泳池來，那幾乎比自己大上一倍的溫軟指掌，讓熨過的每處都服服貼貼，尤其腰側像給烙下了手印，一想起就微微紅脹、發燙。

究竟怎麼走到這一步？曾經燒騰騰噴發著熱氣，轉眼便成了一鍋放到冷餿的米飯，再吃不完就棄為廚餘。她拉平衣領，使熨斗前端由領尖往內摁壓，再翻面重燙，然後把衣領捺成弧形，燙牢折線但不燙死，一邊想，大抵男女間的關係就像這襯衫，愈是傳統體面的布料愈不好維護，工細眉角多，易藏汙的衣領和袖口內裡最難潔淨，穿過就無可避免一身皺褶。

約莫持續半年之久，蔡淑珍的手機偶爾會在夜裡遽震。沒出聲、未顯示號碼，彷彿撥打自闃寂水底，只隱微傳來規律、悶淹的呼吸聲。起先她為不明的夜半來電驚擾，夢中讓一陣蓄積高漲的浪給翻醒，所有提問又無聲無息捲入水裡，之後便再難入眠，只能靜靜盯著天花板，想，電話那頭是否也是個快沉溺的人？從此她接起後索性也不作聲，像小時候比賽誰先笑誰就輸的遊戲，乾耗著，直到對方掛掉電話。

然而即便閉上殼，讓自己密不透氣，她仍舊無法忽視那震盪，感到遙遠彼端誘使犯罪的引潮力愈發強悍，週期也漸短縮，一場太陽與月亮相乘消長的角力不斷於體內衝激。她又下意識抓了抓手臂，繼續燙衣，開啟強力蒸氣模式，用高溫重重軋平所有頑強皺褶。

丈夫在接近傍晚時返家，而後夫妻倆難得相偕出門，驅車前往市區百貨公司。雖說只是為了選購重要客戶三十週年婚慶賀禮，蔡淑珍心底依然浮升欣喜的泡沫，精心梳化，穿上米白蕾絲織花洋裝，計畫順道重溫久違的週末約會。

和多數男人一樣，對方並不愛逛街，上回走進百貨已是十多年前，為文定禮俗挑選婚飾，當時他便興致缺缺，既無表示意見也不過問價錢，只負責簽帳提袋——至少不囉唆也算長處。他先排隊買了電影票，算是對她提供諮詢的犒賞，隨後兩人轉往精品樓層，在吊著白燦燦水晶燈的珠寶賣場走逛，最後駐足一家日本品牌珍珠飾品專櫃。

「您好，」

梳包頭的年輕櫃姐迎上前招呼，鼓頭打量，微笑問：

「這次帶夫人親自來挑禮物嗎？」

只見丈夫臉上神情瞬間凍結，置若罔聞。蔡淑珍也裝作沒聽懂，一逕微笑，低頭掃視玻璃櫃裡一顆顆圓溜光潤的珍珠。禮物選項由她提議，除了作為珍珠婚最佳獻禮，自己亦情有獨鍾，正如父母為她起的名（即便向來是家中最無存在感、夾縫求生的次女）。再沒有什麼比將一粒入侵的砂抱守成發光的寶石更動人，那是成為珍珠必得經歷的痛，才結出美麗的痂。特別是平靜海水孕養的珠石經多年含吐，泛著緻密色水及彩度，當年她挑中的婚戒便是稀罕的剖半馬貝珍珠，象徵永恆追尋的另一半。

像急於掩蓋滾沸的什麼，櫃姐以極快語速滔滔說起每件作品的設計理念、產地來源、皮光及珠層厚度。試戴了幾款，她看上一枚白金鑲鑽的花環珍珠胸針，皮光清透，造型亦十分雅致。丈夫則相中一串粉色日本殖珠吊墜，外圈以櫻花金打上精巧的蝴蝶結。

「這顏色和款式不會過於年輕嗎？」

「但胸針未免也太老氣。」

「怎麼會？胸針是身分的象徵，實用百搭，適合各種宴會場合。」

「是嗎，」丈夫挑了挑眉。「你們女人會在意這些？」

「墜鍊當禮物有點輕浮，」

她別過臉不看他，盯著蝴蝶結，說：

「況且對方也不是小女生，不是？」

「我們 W 系列有一款胸針墜鍊兩用的多功設計，」

櫃姐連忙拉開另一層抽屜，賠笑臉。

「兩位要不要也一併參考看看？」

平時甚少發表高見的丈夫此刻莫名執拗，來回論辯依舊沒個定奪，兩人也已無心思，蔡淑珍霍地站起，拎過皮包，說：「那再看看吧。」便掉頭離去。

夫妻倆繼續在其他專櫃遊晃，間隔一步之遙，半句不吭，像比賽誰先沉不住氣。電影已開演，據說是部屢獲國際大獎的日本家庭倫理片，那導演過去曾在姊妹聚會中被提及，她想應當精彩可期，感到有些惋惜。正當他們繞完一圈，順勢步向手扶梯，身後傳來一陣高跟鞋的奔逐聲。

「太太等一下！」

他倆停頓腳步，樓面所有人瞬間探頭。

「我們剛剛……調閱了監視器……有一副珍珠耳墜不見了。」

櫃姐連同保全擋住了去路，氣喘吁吁，說：

「可能必須查看您的包包，請配合……」

「怎麼回事，」丈夫皺起眉頭。

「確定沒搞錯嗎？」

蔡淑珍既無辯駁也未掙扎，如烹熟的蛤蜊閉殼肌死去殼蓋彈了開，順從地交出包包。保全旋即搜出印有燙銀商標的寶藍絨布盒，臉上困惑，像捕獲一隻怪奇生物直瞅著她。這是自己初次失風，且人贓俱獲，連同穿著體面襯衫的另一半在場，她緊抿的嘴角看來似笑非笑。

「你偷的？」

丈夫口氣異常平靜，幾乎不起一絲波瀾。

「怎麼又，欸……」

她抬頭望向他，彷彿受驚的白兔閃爍迷離眼神，不自覺又鬆開嘴露出兔牙來。

「管區隨後就到，依公司規定必須請您配合調查。」

灼眼的水晶燈下，遠遠，幾個著重裝的男人穿越圍觀群眾，踩過一地銀碎光影，電掣風馳走上前。她忽然想起衣服烘乾了還沒收，塞滿廚餘的冰箱未清理，明天午餐要煎的魚也忘了退冰，整個家亂糟糟，而螞蟻依舊躲在暗處。夕陽落盡的中山堂廣場，玩伴們早一哄而散，似乎只剩自己仍在假扮，此刻蔡淑珍期望有人出手拍她的肩，說：

這不過是場遊戲。

智齒

星期三，瑪莉歐早早便收工。他邊吹口哨，邊將扳手、電鑽、切管器囫圇攏進工具箱，趿拉著皮鞋下樓，跨上斜陽底熾熾閃的老狼，催響油門噗隆隆一路奔回家。近來每逢週三，像趕赴教會查經班，他盡可能排開傍晚的工務，回店裡沖個涼，漱漱嘴，刮淨野草似一早才鋤過下午又蹭出芽的鬍髭，換新衣褲，抓過桌上車鑰匙，出門去。

「你去哪？還沒吃飯欸……」

女友糖糖側身推門進來，歪愣頭，手裡拎著兩盒排骨便當。

「去看牙。」瑪莉歐擺擺手逕自走向騎樓，又咚隆隆踩發車，吹著口哨駛去。

傍晚，大街上聲光流鑠，五點一到霓虹燈晚點名似此起彼落打亮，他在「晶晶牙科」白燦燦的招牌下架好車，推開玻璃門，撞響門後脆亮如貝齒輕彈的風鈴。這家診所小而別緻，乾淨明亮，牙助小姐身著粉色連身裙，角落橫躺著一床絳紫沙發，書架插放各種財經八卦週刊和女性時尚雜誌，牆上鑲掛一臺五十吋液晶電視，點綴幾幅印象派風景及水果靜物複製畫。瑪莉歐脫下棒球帽，像踏進教堂躡著腳走路。

櫃檯內坐著工讀妹，低頭打理病歷，他走向前，從後褲袋拔出皺癟癟的皮夾，遞上健保卡。黑鏡檯面映出他臉上似以鉋刀削出剛硬而略顯滄桑的線條，頂頭立著一顆白胖的壓克力牙齒模型，他不自覺伸手，像搼小孩的頭摸了把那光潔冠面。櫃檯霧玻璃後，診療區探出圓小的頭，一把細長馬尾輕晃。

「林醫師好。」

他瞬即收回手，立定腳，十指捏握帽沿靦腆地點頭招呼。

瑪莉歐是個水電工，國中畢業選填職校志願，由於不知唸什麼好，對未來也毫無概念，躊躇之際，腦中忽地蹦出兒時熱愛的瑪莉兄弟電玩，便誤打誤撞考進電機科。一如自己總能游刃有餘地操控鍵盤，伴隨機械樂音的輕快節奏在迷宮樣的下水道鑽進蹬出，摸熟各路暗管，準確撞出磚牆裡的金幣，在開滿蘑菇和食人花的世界一路破關，瑪莉歐無疑是天生的技工，巧手匠心，從疏通堵塞、水電檢修，到配管拉線、設備安裝，樣樣精通。

兩週前，他半夜突然牙痛起來，像有人拿極尖利的鎢鋼小鑽頭猛鑿牙床，痛到搗著腮幫在床上翻滾。他擅修繕複雜的水電管路，但對纖細敏感的牙神經只能束手無策。

牙助在他胸前圍上紙巾，電動給水器斟滿水杯，鋼琴演奏自音箱款款流洩，前方一名芭蕾女伶如天鵝划水支長頸子、踮起腳尖。林醫師送走前一位病患，挽起衣袖於水槽洗淨那雙鵝白玉手，拭乾，坐上滑輪椅檢閱著病歷。

「那顆智齒這禮拜還痛嗎？」

她打亮照射燈，將診療椅放低。

「好像不痛了。」

「好，我看看噢。啊——」

他像隻羊駝乖順地張開嘴巴。

犯牙疼次日早晨，瑪莉歐掉了魂地騎車上街兜繞，撞見第一面牙科招牌便如得救般急煞，匆匆闖進門。踏入診所時他忐忑難安，想及那各種列隊鋼盤上縮小版的老虎鉗、尖嘴夾、拔釘鎚……閃著金屬鋒銳光澤，以及在口腔裡吱吱顫的電鑽聲，不禁頭皮發麻，牙根似乎更痠痛了。若非萬不得已，自己是斷絕不輕易打開嘴巴。

他忍著牙疼，密合的雙脣勉強綻開一小縫。

「再開一點點噢。」

年輕女牙醫循循善誘，瑪莉歐怯怯張開了嘴。因工作緣故，長年菸酒檳榔把一口牙給燻得黃焦焦，齒縫卡黑垢，嘴角泛紅漬，讓他平日更羞澀少言，偶爾與人說笑也下意識抿著嘴，守口如瓶。他有些難為情地撐開下顎，意外發現對方眉頭也沒皺一下，像戴頭燈的鑽井工，雙眼只專注探向口腔壁。

「是齲齒噢。牙根都發炎了，應該已經蛀得蠻深。」

螢幕上放大的 X 光片根尖處有一圈朦朦暗影。進化過程中，隨食物變精細口腔下顎漸內縮，最晚報到、欠缺足夠空間而長歪的智齒易產生清潔死角，或遭牙肉蓋住冠周，形成盲袋藏汙納垢，使其本身和毗鄰的第二大臼齒蛀牙機率大增，醫師細心地解說，他像補上了一堂健康教育課。由於是位於牙弓最後方無咀嚼功能的盡頭齒，一般建議直接根除以絕後患。不過拔智齒也非易事，有時得剪開牙肉，削掉部分齒槽骨，甚至將牙齒裁作好幾瓣。

「通常智齒在十七至二十一歲間長出來，」醫師眉眼彎彎，笑著說：

「像你這麼晚才長的，我也是第一次見到噢。」

瑪莉歐為自己的晚熟臉紅起來。因抗拒拔牙，他堅決保留智齒，寧願展開漫長而艱困的根管治療，如牙齒的抓漏工程。幾次下來，他漸不那麼懼怕看牙，舒舒服服躺電動椅上，爽快吹冷氣，耳畔傳來柔美樂音，偶爾在看診空檔和醫師聊上幾句，張口閉眼時，下意識尋嗅那股自白袍領口篩落的淡雅花香，感覺對方鼻尖就近在咫尺……。他發現，林醫師有雙會笑的眼睛，瞳仁碩亮，濃黑睫毛輕輕眨呀眨時彷彿在說話。雖然鼻梁以下遮著口罩，瑪莉歐兀自幻想，她應該有張櫻桃小嘴，當然笑盈盈綻開雙脣兩排牙齒肯定潔白又整齊，像閃亮的貝殼那樣。

「可以的話，最好慢慢戒掉吃檳榔的習慣，」林醫師不忘柔聲提醒：

「以免日後口腔黏膜纖維化噢。」

第二次看診時，瑪莉歐順道洗了牙。他幾乎從未洗過牙。超音波衝力微微震晃牙齦，冰涼水柱涮著牙溝，林醫師像個微雕師傅一顆一顆牙細細刮摩、淘洗，感覺齒縫間聚積的結石頑垢全給碎落下來，讓他暫時忘卻刺耳的機械聲和些許痠軟感，最後以軟橡皮蘸膏低速推磨，打薄荷蠟似拋光齒面，滿口清爽。回家路上，瑪莉歐不時拿舌尖舔牙背，覺得粗粗澀澀，彷彿口腔年度大掃除，頓時光潔不少。

「真的變乾淨了欸！」糖糖掰開他的嘴。

「啊奇怪你以前不是很怕看牙？」

「不要鬧。」他撇開臉。

「我怎麼好像沒長過智齒？是不是代表智慧沒開？」

她向著男友咧開嘴。「幫人家看。」

他一把推開她的臉。

「啊不然我也去做美白貼片？很多女明星都有做。」

「那哪裡好看啦，好像我阿嬤的假牙一樣。」

「瑪莉水電行，你好。」

鈴聲響，瑪莉歐接起來電。窄暗的店頭，鐵架上琳琳瑯瑯塞滿燈泡燈管、抽水馬達、水錶電錶、塑膠接頭、花灑蓮蓬頭等什貨。辦公桌堆疊一落廣告貼紙，上頭印有：水管不通，馬桶不通，瑪莉水電行一通搞定。後方白板備忘著一週工作排程——宏國社區李媽媽陽臺抓漏，建成大廈王小姐修電熱水器，市場雜貨店加裝浴室安全扶手……，唯獨星期三下午那欄顯得空曠，只安排施工估價等雜務。

水電行隔壁為「吉翔瓦斯行」，大小鋼瓶炮筒似站滿店門口，老闆阿棠是大他兩歲的哥哥，偶爾瑪莉歐也會幫忙送瓦斯。吃檳榔的習慣便這樣養成，加上糖糖兼職檳榔西施，每天路過攤前菁仔包葉順手偷渡兩盒，不知不覺成癮。

下午瑪莉歐送瓦斯去。他將四十公斤重瓦斯桶從老狼後座卸下，往地上唾了口檳榔汁，然後提氣縮肛，一把扛上肩，和管理員打過招呼，把鋼瓶拽進電梯。他揩去額頭的汗，揿鈴。屋裡掀起吵雜聲，一個披散髮、穿卡通睡裙的少婦前來應門，小孩和狗齊聲狂吠。瑪莉歐站門外，看看地板零亂雜物，猶豫著該不該脫鞋。

女主人瞥了眼他的腳，一面收拾地上玩具，說道：

「先生，入內請脫鞋。」

他只得蹭蹭腳，踢掉那雙後幫給踩得癟癟的棕色皮鞋，露出撐破大拇哥的黑襪。他提著瓦斯桶，外八腿，像扛沙包障礙賽一鼓作氣前行，迅速而狼狽地跨過飼料包、積木和迴力車，地板給撒上一層刮腳貓砂，彷彿有人自海邊歸來。滿嘴巧克力醬的小孩搖晃晃奔過來拉他褲腳，蓬頭垢臉的小白狗亢奮兜著他轉，後陽臺堆滿待洗衣物，一隻橘貓蹲踞鐵架上，斜眼睨著他。

下樓時，電梯門中途開啟，一個揹背包大學生樣的女孩愣了下，勉強踏進電梯。空氣有點悶，女孩背對他，直視上頭跳閃的按鍵面板，不時吸鼻子，似是有人在電梯裡放屁。瑪莉歐悄悄聳起肩，湊過頭嗅了嗅腋下。

外頭焰日高照，這樣的萬里晴空總令他想起從前的中山堂廣場，炙得人睜不開眼，渾身黏膩軟塌像一客融化的霜淇淋。他橫舉空桶，架上車，風塵僕僕蹭回店裡，喝杯茶，稍休息，又收拾工具袋外出去，來到巷弄裡的舊公寓，喘噓噓爬上五樓，替分租的學生套房更換面盆龍頭，先上頂樓關閉水源，把工具袋攤馬桶蓋上，用鯉魚鉗使盡吃奶力氣咬開鏽死的螺帽，再在新龍頭螺牙上纏緊貼布西魯，鎖回水管接口，最後開啟水閥測試有無漏水。數趟來回奔波，他又渾身汗，褲管也濺溼一大塊。

「這麼貴？」

收費時，看上去退休公務員樣的男房東一面打開錢包，挑眉說：

「你們做水電的真好賺吔。」

瑪莉歐沒答腔，只迅速在褲子上抹乾手，收下皺巴巴的伍佰元鈔。

一日工作完畢。晚上洗過澡，他打赤膊大字趴床，糖糖一面專注看韓劇，跨坐他臀上，一手擠著痠痛軟膏為男友按摩肩頸。牙膏般清涼的藥膏給推進皮膚，搓揉後漸灼熱起來，像中了化骨綿掌渾身酥軟，筋肉快散了開。瑪莉歐鬆著嘴，黯然銷魂。

「我身上有檳榔味嗎？」突然他想起什麼，抬頭問。

「沒呀……」糖糖心不在焉答道，隨即驚醒過來。

「你北七喔，我怎聞得出來。」

「對了明天約看牙，不用幫我買晚餐。」

「喔。」她盯著螢幕，含糊點頭。

清閒的週日上午，瑪莉歐待浴室裡邊吹口哨，邊在嘴頰抹上刮鬍泡，仔細剃著。綿稠泡沫覆滿半張臉，最近鬍子好似重返青春期長得特別快也特別旺，他以手刀刮刮鏡面，努努嘴，左瞧右照，挲了挲變滑溜的下巴。

「快一點，要尿出來了！」

糖糖在門外頻催。

最近他耗費不少時間和心思在牙齒上。晨起盥洗，不再只囫圇漱個嘴，好像小學生在開了花的牙刷刷毛上規規矩矩擠滿牙膏，蘸點水，橫舉刷柄傾斜四十五度角，齜牙咧嘴，前前後後、裡裡外外仔細涮洗一輪。

細白泡沫在嘴裡搓脹開，瑪莉歐對鏡子發起愣，想起林醫師那雙探出袍袖外的鵝白玉手。上回看牙，他躺在診療椅上，趁對方調製藥劑空檔講了個笑話。打從發現自己能逗樂她，往後看診，口袋裡便備好兩、三則網路笑話。

「有一個黑道兄弟去拔牙，」

他張著嘴，含糊說：

「拔完去藥局領藥……回家後忘了服藥方式，就打電話到診所問護士……藥這麼多顆，怎麼吃？護士回答他，你有腫就吃……沒腫就不要吃囉。結果，這位兄弟……就把全部的藥吞了。」

林醫師斷斷續續操作著氣動鑽頭，聽完，仰起下巴呵呵笑，眼睛彎成兩座橋，那對鵝頸般將他圈縛住、貼著幼薄鵝毛的臂膀，不自覺輕輕搭靠他肩上。想到這，瑪莉歐不禁咧開沾滿牙膏泡沫的嘴，向著鏡子傻笑。

那教他憶起國小五年級暗戀的對象，縱使已叫不出姓名，也記不清長相，一雙修長的手卻令人永誌難忘。女孩是他們班班長，白淨漂亮，留著一頭烏亮及肩髮，指甲縫永遠纖塵不染，牙齒像貝殼光潔閃耀，是那種標準的乖乖牌、模範生，經常參加比賽為校爭光，還是合唱團伴奏，大禮堂週會時，總見她端坐舞臺左前方黑色平臺鋼琴前，一雙手好似田野間漫步的白鷺鷥，在琴鍵上叮叮咚咚彈跳。

那時他除了打任天堂，水管瑪莉十七關全破，再無是處，成天汗津津同男生打躲避球，放學後衝中山堂繼續遊戲打彈珠。某次月考完重新分派座位，瑪莉歐恰給安置女孩身旁，不過他們就像兩星系各自運行，互不相干，連中線也不曾跨越，唯一一次交集是某堂美術課，老師要他們習作自畫像。他如常草草塗完鴉，無所事事趴坐，瞥見女孩在圖畫紙上用蠟筆細細彩繪自己的模樣——手捧口風琴，嘴裡含吹管，頭綁兩串辮，身穿奶油蛋糕樣層層疊疊的蓬蓬裙，宛如公主一樣。

女孩停下筆，側過臉，睇了眼他桌上那幅髒兮兮的畫，忽開口道：

「好像水電工噢。」

她掩嘴咯咯笑。瑪莉歐也跟著傻笑，這讓他驀地聯想到，自己就像穿著一身火紅工作褲，矯健穿梭下水道的水管工人瑪莉歐，一路飛身衝撞磚塊，踹踏龜殼，閃避雲龜武士拋擲的轟炸龜甲以及鐵鎚使者甩出的飛旋榔頭，沿途吞進火球菇和金幣，不斷增強壯大，勇闖敵境，只為與庫巴魔王決鬥，營救被囚禁城堡裡美麗的碧姬公主。

某週末午日，他同玩伴們在中山堂廣場揮汗玩耍，光燄燄日頭下，忽瞥見穿白紗洋裝的女孩手挽YAMAHA提袋盪呀晃地走在對街，前去音樂教室上鋼琴課的模樣，不自覺停頓腳步，目送她過馬路，一旁同樣滿臉煎油的青梅竹馬小萱見狀，斜睨眼，用手肘頂了他一下。

「幹嘛？」瑪莉歐驚蟄。

「癩蝦蟆。」對方咒罵。

他嘩啦啦漱淨口，拿毛巾胡亂抹乾臉。那些久遠的、幾乎淡忘的回憶使自己感覺飄飄然，像滿嘴超涼薄荷的牙膏泡泡，也像診所櫃檯上那顆潔白巨齒的觸感，令人神怡心曠。

黃昏時分，瑪莉歐載糖糖上大賣場採購，趁她留連衣鞋區，獨自推推車踅晃，突然間想起什麼，走至零食貨架前，掃視，蹲下身抽取三大盒青箭口香糖。

排隊結帳，糖糖瞅了眼購物車，伸手翻看，扭頭問：

「啊你是要去賣口香糖哦？」

「戒檳榔啦。」他低聲囁嚅。

「真假？」糖糖噗嗤笑，說：

「最好你凍得了三天。」

晚餐時間，瑪莉歐和阿棠一家相約巷口熱炒店。炒鍋嗆出油煙，大人圍坐著吃喝打屁，小孩在旁奔逐，桌面杯盤狼藉，蛤蜊蝦殼堆成山，啤酒罐東倒西歪。席間，糖糖提起戒檳榔一事，眾人訕笑連連。他雙頰緋紅，卻一點不羞赧，反倒像半身浸泡熱呼呼的溫泉，覺得酣暢快活。

酒足飯飽，阿棠嘴叼著牙籤，自上衣口袋掏出印有比基尼辣妹的檳榔盒，遞給瑪莉歐。他擺擺手，從隨身包包翻出一只方盒。

「靠，這啥小？」阿棠登時酒醒。

「牙線棒，」他打開盒蓋，取出一支。

「預防蛀牙。」

「幹，娘砲吔。」

店裡聲影雜遝，燈火也跟著晃搖，瑪莉歐綻開嘴憨笑，臉上那鉋刀削出的剛硬線條頓時變柔軟，化作漣漪蕩漾開。

星期三，小週末，瑪莉歐套上帽T，戴著心愛的球帽出門。已三天沒吃半顆檳榔，心底悵然若失，像和老情人分手。牆面貼著冷光美白海報，他站在診所書櫃前仔細讀著。冷光係指利用波長……400～500nm之藍光，將塗抹於牙齒表面濃度20～38％之……過氧化物美白藥劑催化，以改變色素的……碳環結構，對菸酒、檳榔、咖啡茶漬等引起的牙齒染色皆可有效改善……。底下成排露齒照，好似牙齒漂白進化史一天比一天潔淨，最後邁向文明人的靚白。他莫名想起小萱那兩枚招牌虎牙，賊笑時晶閃閃，以及一同窩文具店小房間裡打遊戲機的過往，有陣子兩人玩水管瑪莉，操控路易吉的她不知為何總故意搶前頭，硬是把自己從磚牆上擠落下去。

琺瑯質是人體礦化程度最高的組織，露出牙齦表面的齒冠像冰山，硬度勝於鋼，雖堅硬卻也怕磨耗、刷耗和酸蝕，且一旦受損或流失自體便無法再生，海報上提到。他照例摸了摸那顆白皙巨齒，拎著一袋潔牙贈品回家。睡前盥洗完，他拆開透明扇貝牙托，擠上美白劑，張大嘴，左喬右喬給套進牙床，咬合著，感覺像戴了假牙。

那夜裡，瑪莉歐便是戴著牙托夢見和林醫師親嘴。當時他就躺在一張形似八爪椅的診療椅上，對方正細心指導自己如何正確使用牙線。她先截取一段，兩端分別纏繞他兩手中指，接著抓握他的手，食指扣壓，拇指上頂，綳緊牙線，在口腔外前前後後、上上下下滑動，示範著。像這樣來回抽送，記得要輕輕的噢……，對方在耳畔細語。他覷著林醫師倒映的臉，像水中浮影晃搖，迷濛的眼似笑非笑，突起的鼻尖不斷貼近，便闔眼噘嘴順勢迎上去。雖是隔著口罩的安全之吻，他仍不自禁硬了起來，如崩蝕的冰山一角同時自夢中抖顫起。

「做惡夢哦……？」

糖糖翻過身，含糊問。

瑪莉歐直挺挺釘床上，半晌無法動彈，耳殼裡轟轟響，渾身像充血的海綿體脹熱起來，疾速心搏。

隔日收工，他騎老狼繞去附近新開幕的百貨，在少淑女服飾樓面逛了圈，提著一袋禮盒回家。

「什麼東東？」糖糖轉著遙控器，歪愣頭。

「生日禮物。」

「真假？」

她興沖沖自床上躍起，忙不迭拆開包裝。掀起盒蓋時，表情似乎有些困惑，自盒裡拎起一件蕾絲滾邊白色雪紡洋裝。

「喜歡嗎？」

「是不錯看……，但不是人家的史黛爾。」

「你不要整天穿得跟孔雀一樣。」

「王八看綠豆啦！」糖糖湊過嘴索吻。

「三八啦。」他一把推開她的臉。

「欸，我覺得你最近怪怪的喔……」

她爬到他身上，學小狗抽著鼻子嗅聞。

週五晚近打烊時，電話鈴響，話筒彼端一男子表明家中馬桶堵塞，請求他務必前來處理。瑪莉歐掛上電話，收拾工具，穿上防風外套，又咚隆隆踩發車，出門加班。

那是棟座落靜巷裡的高級社區，向管理室登記換證後，坐上極寬敞舒適的電梯。電梯門在十六樓開啟，他循門牌來到一扇鏤花鑄鋁門前，應門的男子白淨高瘦，戴著副金框眼鏡，講話斯文儒雅，客氣地招呼自己進屋裡。端景臺擺著一對細長型白瓷瓶。

他脫去皮鞋，露出破綻的黑襪，躡腳踩踏亮滑大理石上，拐過玄關隔屏。這時一女子邊喚著男子，邊自客廳走出，撞見他，一臉驚詫。

「咦？楊淮文。」她綻開笑容。

瑪莉歐愣了愣，半晌，方由那聲音認出她的人。

「林醫師好……」

他有些錯愕地點點頭。

浴廁嵌燈給撳亮，柔光下，內裝看來極雅致時尚——大理石洗臉檯，乾溼分離系統，雙人按摩浴缸。檯面擺著一臺香氛機，兩把電動牙刷，牆上亦掛著兩組白色浴巾和浴袍。

「不好意思，馬桶有點髒。」

林醫師倚在浴室門口。

「不會啦，這是我的工作。」他摘下帽子，捏握手中，說：

「這裡交給我吧。」

「那就麻煩你噢。」

放下工具袋，掀開免治馬桶蓋，裡頭汙水幾乎滿溢。他自袋裡掏出通管器，鬆開彈簧，探入排水口，放線至阻塞點後鎖緊彈簧，轉動搖把，俯身猛抽幾下，勾出一球糾結穢物的髮絲。

客廳那頭傳來笑語，這屋子的男女主人似乎正準備用晚餐。瑪莉歐環顧一下四周——散落的瓶罐、纏著髮絲的捲梳、凹癟的牙膏、開封的衛生棉包裝、待洗內衣褲……，自己彷彿不小心跨越了某條分界，如小學課桌上以粉筆畫出的中線，闖進對方最私隱的巢穴。他通著管路，心裡忽地有些悵然。

並非揭下口罩後那張臉不如預期美，闊嘴圓鼻之類（實際上對方也確實擁有一副貝齒），只是……瑪莉歐試著理出癥結，對了，只是和自己原先想像的不同而已，最後他這麼下結論。

完成任務，將工具囫圇攏進袋裡，匆匆洗把臉，蹲下身拿布抹淨浴室地板。他原是推辭酬勞，最後又給硬塞進手裡。下樓後，穿過闃暗的中庭，瑪莉歐忽佇足，在花圃矮牆墩坐下，歇口氣。前方隱約可見一黑一白絨毛玩偶似的貴賓狗相互奔逐。

夜風微涼，月色影影綽綽，彷彿有什麼像泡沫無聲流逝暗夜底，卻說不上是什麼。四方燈火暖爍，他佝坐著，脫下球帽，撥撥溼塌的髮，颼乾後又戴上。不知是否為錯覺，已抽去的牙神經突然隱隱搐痛，他下意識摸摸前胸，幹……，才想起有人正在戒檳榔。此刻他感覺自己就像一顆多餘的智齒，如林醫師所言，既是心智成熟象徵，也被視作一種退化的痕跡器官。無對咬牙的智齒落單而徒長，還可能因此擠軋對側牙齦，影響正常咬合。

他丁鈴噹啷翻著工具袋，終於挖出一只皺癟癟的檳榔盒，搖了搖。戒斷前最後一粒。然後從褲袋裡掏出手機，撥了通電話給糖糖，報備自己剛收工，回家後想吃她的炒飯。

「要炒辣。」

「你秀逗喔，我炒得有夠難吃欸！」

另一頭女友咯咯笑。

掛上電話，他一面大口咀著，抬頭眺望黑聳聳的大廈，約莫那戶燈火人家便是公主與王子過著幸福快樂生活的城堡，而自己不過是個水電工。

啐！瑪莉歐往花圃吐了口檳榔汁，一屁股躍下牆墩，像吃下了無敵星星，頓時又滿血復活。

足穴

蒸過的毛巾像饅頭剛出爐噴發陣陣煙氣，令肌膚毛孔和末梢血管全舒張了開。阿宏手捧一隻骨感的腳掌，以熱毛巾熨燙，再仔細揩拭每一根趾頭，接著徐緩地按摩起位於腳板前端人字紋的交叉點。

足弓布滿了與內臟相應的穴位，比方蜷縮腳心陷中的「湧泉穴」和腎連通，是人體脈氣湧出隧口，像個神祕的酒窩凹藏最隱處，可說是萬能穴道，能治暈眩、心悸、疲勞、虛寒、水腫等百病雜症。

阿宏以拇指釘牢那穴位，均勻按壓同時畫圈摩搓。半新不舊的足體養生館，燈光曖曖，單人厚牛皮沙發一字排開，空氣中飄著淡薄草藥薰香，與他對坐的女客攤著手腳，兩腋略出汗，足底被揿住的那點格外痠脹，彷彿按到了某個要害，揉進體內，自深處發出低鳴與振盪，她微蹙眉，在下勁推入時，渾身抖顫如一枚讓大頭針釘死卻仍撲翅的蝶，使他想起小時曾著迷過的蝴蝶標本搜集。

「噯——」女客唾出一顆陳年鬱結的蚌珠似，欸乃出聲。她的腳仍握在他手裡，那邃深的孔竅像給撬了開，積塞之處打通，感覺內裡有股暖滑的什麼源源不絕湧出。

水流嘩嘩奔洩，他洗淨手，步出浴間，在轉開門鎖那刻彷彿預備浸入海裡，閉目深吸了口氣。莉亞正在吹涼一碗粥食，阿宏徑直走向窗邊一把揭開密封的遮光帘，漫天微塵抖落。暖陽斜切而下，將對面樓房抹上半邊濃滑起司醬。行經床前時，母親也轉了轉眼珠，追視眼前的移動物那樣骨碌碌睇著他，卻像看穿這人似，將焦距的錨拋向更遠處。

對街是同樣挨擠的老公寓，成排塑膠浪板突出於鱉窄的後窗，採光處衣褲床單如萬國旗飄垂，至於終年不見天日的窗籠裡，徒長的綠色植栽則拚命向外探頭。看似沒有生命的陽臺，其實每天略有不同。

底下狹長的社區防火巷一顆黃皮球在半空給拋來扔去，孩子們像蝶群隨之東飛西撲，寂靜地嬉笑著。乏力的春陽完全投擲不到這頭，他打開鋁窗，風和聲響如潮水倏地倒灌進來。

晚班前阿宏得先上超市一趟，採買食材及日用。打從和妻子分居，家務全落在自己肩頭，他頓感分身乏術。當初辭去倉儲貨運工作，學起腳底按摩技能，也是為了母親，心想除翻身、拍背，日常若能施以一些保養或能暢通氣血促進康復，防止肌痿及關節攣縮等臥床併發症，且工時彈性也有照護餘裕。

一點四十三分。牆上掛鐘不知何時已停擺，秒針虛弱地原地踩踏，像陷於爛泥中，不確定是指向午夜或午後，整個房間就如一艘長年淹沒海底的輪船，一派沉寂，各種混濁不流動的氣味盤旋，母親也是，身上斑斑駁駁寄生著海藻及藤壺粗礪。他想起在醫院陪病那段時日，病房裡的鐘也恰巧壞了，許久他坐在床邊，發現唯一具時間感的是掛鉤上不同顏色的點滴輸液，規律無聲地淌落，那流速格外遲緩，他默算過，一分鐘約莫滴漏二十次。一切是如此的死靜，與絕望。

母親的時間彷彿給調得極慢，近乎沉滯，渾身軟癱斜倚床頭，身上的孔穴都鬆弛了，一邊進食，一邊泄漏。看護一天得餵餐五次，把菜肉用榨汁機打成漿再拌入稀飯裡，莉亞粗魯地以紙巾揩去她嘴角的流沫。我來，阿宏看了看錶說。他接過碗舀了少許粥，吹涼，用湯匙使力撬開那口蛀爛的牙，抵住舌根，往黑洞洞的咽喉裡送。

由於技法純熟，態度親和，應對也拿捏得宜，足體養生館有不少來客皆指名阿宏師。他一對過度發育的大拇指格外醒目，十指撐張明顯不成比例的肥碩，模樣有點憨，堪稱「巨擘」，長期下來即便關節些許變形，指紋也近乎磨平，但神奇的是指腹未起繭，時時像蠟過似光潤，皮下脂肪渾厚飽滿，推揉起來甚有彈性，且紅燙如烙鐵。

「這幾處主要掌管自律神經，可減輕焦慮感。」

他習慣一邊按摩，一邊向客人解說穴位和每道調理步驟。人腳底有張地圖，共劃分六十四個反射區，經脈在足下交接匯合，佔全身總穴位三分之一，刺激位於皮膚深處的穴道，便能透過末梢神經以每秒一百二十公尺的速度傳導至相對應的臟器，將雙腳併攏，正是人體器官組織立體分布的縮圖。

他看得出她是個緊繃的人，像把拉滿的弓，腦神經衰弱，即器官並無什麼實質病症，但功能上確實出現了不適癥狀。他屈起食指，以第二關節刮壓對方足底拇趾外的其他四枚趾腹，如暖機，得先使她放鬆，才能享受接續的療程。

「最近是否也常失眠？」

他摸著骨節脈絡，像個算命師問道。她眼圓睜，忙不迭點頭。自從初次造訪，皮夾裡便收著印有「李俊宏（阿宏師）專業經絡理療」的名片，一按成主顧，上門皆指定他服務。對她來說，按摩整體流程十足療癒，換上便褲先是藥浴洗泡腳二十分鐘，使肌膚毛孔俱張，再以熱巾擦淨、蒸敷，溫暖穴道，舒經活絡，由左腳按起，依序從足底、足內側、足外側、足背，上滑至小腿、膝關節，即便難免有疼痛處，也是一種淋漓舒暢的痛。

她大腿覆蓋浴巾，露出一對圓巧的膝蓋，一面啜著熱牛蒡茶。因天生足底敏感，從小就極怕呵癢，那向來是禁區，過去不曾給人按摩過，原先還有些抗拒，但身為百貨櫃姐，每逢節慶檔期雙腳就倍感腫脹沉重，夜裡突發痙攣，睡不好覺。她從未向人坦露，幾次體驗下來甚至驚訝地發現自己的性敏感帶竟長在腳底板，至痛時，一同浪衝而上的是陣陣顫慄快感，瞬間兩腿酸軟，遍體酥麻，近乎高潮。怪不得每每在人前光著腳時，總有裸體之感。

「腳底也有助眠的穴道嗎？」

「百病治足。」

阿宏手裡動作未歇，徐徐說道：

「腳就像樹根一樣，位於人體最低處，承載著全身重量，時刻和引力對抗，當一個人精神疲憊往往最先感到腿腳深沉無力，像灌滿了鉛。平常久坐久站、生活壓力大或運動乳酸堆積都會加重下肢經脈阻塞，氣不足以推動血流就容易腳冷抽筋，影響睡眠質量。」

「人老腳先衰，得先暖足心，使雙腿氣血通暢，身體各部位才能充分獲得滋養。」

聽見老字，她整個人坐挺了起來。所謂「氣」和「穴道」究竟是什麼呢？那聽來如此神邃，就算把筋肉細剖也遍尋不著，大抵類似人的情感吧，看似不實在卻能感應到。她腦海想像自己腳底布滿了無數善感的穴，沿著杈椏的無形甬道通達遠端，能量便於其間流動，且彼此交集。如此看來每個穴道都是蟲洞，打赤腳緊貼地氣時說不定還可直通宇宙虛空。

「人睡眠時，也是腳趾頭先睡著，一節一節蔓延往上。」阿宏補充：「腳堵塞了，自然就睡不好覺。」

他取了些潤滑油，搓熱雙掌，以食指扣住對方腳跟處中趾延長線上的失眠點，並於指節內側置入另一手拇指，由上往下慢且深入地滾壓。雙腳是人體設計最精密複雜的器官，光一隻腳掌就由二十六塊骨頭、三十五個關節、一百多條韌帶，以及無數血管和神經組成，小自趾甲、毛髮膚況，大至血管、筋肉骨骼，都暗藏衰老訊號，洩露出年齡祕密。可看出對方有了點歲數，腿肚略浮腫，腳背泛青筋，但腿骨筆直，肌膚雪滑，尤其一對伶俐的足踝握在手裡像隻乳鴿，凹凸有致又圓潤不長稜角，無多餘贅肉，腳底仍充滿膠原蛋白，令他下意識來回揉搓。

「這裡會特別緊痛，」

他以手指示意足內側反射區，一路從薦椎、腰椎延伸至胸椎，多半為工作久站的腰腿傷損。

「沙沙的，有很多小的氣結。」

那便是所謂的「痛點」，他解釋。足部聚集了無數毛細血管，周圍遍布末梢神經，是身體最重要的反射區，有的和檸檬等大，比方肝臟，有的小如大頭針針頭，像是腦下垂體，當體內器官或腺體異常，其反射區便會產生結晶沉積，即病理廢物，成為痛點。每個氣結觸覺不同，有些摸起來像細沙，有些呈顆粒狀，有些只有腫脹感。

腳底按摩亦為一種陰陽調和，定點按壓，可減輕能量負荷，具「洩」的作用；移動摩擦，則是為增強能量不足，具「補」的功效。往痛點上按，推散氣結，方能疏洩淤滯處。

「喲——」當觸及痛處，她憋不住嗟歎出聲，額角胎毛瞬間涔出汗，毛蟲樣反射性抽縮腿，痛並享受著，臉上的妝像蝴蝶鱗粉抖散了些，心跳和呼吸加速，體溫也驟升，氣色潤紅。

她漸適應腳底的觸碰，不再那樣閉羞，但有些手法不免令人害臊，譬如接下來的步驟——一張摩擦通紅的火掌，暖碩的大拇指正由根部往上搓揉趾間淋巴，那不曾有人探入的凹縫處，接著以奇特的十指交扣之姿一弛一張地摁抓。此刻她副交感神經活性躍升，感覺身體有根弦被反覆撥彈並調鬆，微微震了下，心跳變緩，瞳孔放大，意識沉浮，想像十根腳趾頭弓緊後再依序一節、一節鬆放，就快沒入眠夢之海，眼睫微微翕動。他眼裡，此刻的她美得像一隻樺斑蝶。

「回去記得多喝水排毒，」療程結束，送客時阿宏交代：

「今晚應該會好睡許多。」

某些記憶如炙陽下閃滅的蝶影，始終在腦海深處盤旋，揮之不去。他忘不掉約莫小學五年級，有那麼段時日熱衷過蝴蝶標本採集。那時蝴蝶仍像星光一樣漫空撲爍，整個暑假，他和幾個玩伴成天高舉撈網在河堤長草間奔逐。為防鱗粉掉落，他們以描圖紙摺成三角紙，夾捏蝴蝶胸部將她掐昏置入袋中，回家後，礙於工具簡陋，往往以大頭針替代昆蟲針垂直貫穿其胸，釘於保麗龍上，趁蝶身還未硬透，取來母親梳妝檯上的修眉夾小心鑷開四片翅膀及兩根觸角，攤平後再鋪上描圖紙以針固定，待陰乾，蝶屍完全硬化翅膀便定型，即可取下置入塑膠展示盒。

多半非什麼稀罕名貴的蝶，通常只是白粉蝶、亮色黃蝶、紫斑蝶這類常見品種，偶爾捕獲一、兩隻樺斑蝶或黑脈樺斑蝶便欣喜若狂。橘色蝶翅透光時脈絡分明，黑色端部有白斑紋，展翅時像一枚帶暗影的光點在風中抖開金屬亮澤，煞是美麗。剛開始阿宏並不曉得，斑蝶具裝死的習性，被捕後常掙扎個幾下便縮合不動，待他輕忽鬆手，一不留神又振翅逃逸。斑蝶生命力也格外強韌，不易捏死，他頂記得有那麼一回，隔日將一隻樺斑蝶半成品標本打開檢查，竟發現她身體被釘死，翅膀卻仍揮動不停。

不專業的標本採集事業並無持續太久，甚至可謂慘澹經營，那些作品往往體小又破碎支離，談不上蒐藏價值，因受潮，後來標本不是發霉就是成了其他昆蟲的飽餐，不了了之。

不捉蝴蝶時，他們也玩木頭人的遊戲，雙腳釘於田野間，隨陣陣草浪翻滾忽動忽靜，身體似風箏一弛一張。一、二⋯⋯，當作鬼的數到三，語落猛回頭，身後眾人不許笑也不許動，有的半隻腿懸空中，有的呈怪異飛行貌，個個屏著氣，穩住腳，堅持到最末便是贏家。時間暫停了，唯有風仍吹送，趁死神轉身空隙他們吸足氣拔腿奮力往前衝，那瞬間也驚蟄四方，天空有小型鳥浪振起。

那時阿宏有一本翻得爛舊的「臺灣蝴蝶圖鑑」，裡頭搜集了數百幅標本照，印象最深刻的是大琉璃紋鳳蝶，現實中不曾見識過更遑論捕獲，身全黑，展翅約八公分，後翅各有一枚水青大斑，更特別的是前翅密布金綠鱗片，在光照反射下，數不清的螢碎斑如夜空天河繚亂，繁星閃滅。他看得入迷，驚異那蝶翅上竟摺藏了一整個宇宙，初次窺見無與倫比的微觀世界的美。

製作標本時他既不覺殘忍，也不為那輕易的逝去惋惜，以為蝴蝶無痛覺，掙扎是本能地想逃脫，並非痛。他的手指頭仍留有又柔又脆的蝶身觸感，鑷開蝶翅時的微微電顫，以及蘸染了十指的鱗粉螢光，而當時自己不過是從採集中懵懂領悟到，所有過於美好的終究是無法捕捉的幻影，若能將它牢牢釘在至美時刻，也許就能不朽。

「這是至陰穴，」他一邊揉擦小趾末節外側，一邊解說：

「隸屬足太陽膀胱經。」

對阿宏來說，母親就是自己的痛點。他取了張圓凳坐床尾，放輕力道推拿那雙穿了襪卻依舊冰冷的腳。足底血管和神經距心臟最遠，熱量易散失，足溫往往比核心體溫約低 3-5℃，尤其長時間臥床回流更難，無力排除的代謝廢物淤積下肢，使她雙腿雖無肉卻異常沉重。

那腳按起來似泡棉鬆軟，回彈差，脹得幾乎摸不著筋骨，肌膚溼冷，彷彿讓海水泡過蒼白起皺，手感和店裡所有客人的腳截然不同，每日的例行按摩總使他想起玻麗。

玻麗是兒時養的第一條狗，某天讓父親從廢棄工地給拎回，初見才巴掌大、灰頭土面。她是毛色烏亮的小土狗，一對泡泡眼終日淚濛濛，走起路屁顛顛，養著寄生蟲的肚腩格外肥滿，腸胃不佳，動不動就弓起不甚有力的後腿，撇起小黑臀啪嗒泄漏一地。新成員初來乍到，兄妹皆爭搶照護，其中屬阿宏最勤快，不但日日為她擦澡、把屎尿，因尚未斷奶，每至半夜嚶嚶啼個不休，他還揉著眼爬起床哺乳，餵飽後，伏地用指腹挲起那綿軟的小肚促進胃腸蠕動。

漸漸玻麗長壯了，開始愛四處走逛，東耙耙西嗅嗅，某天獨個晃至店門口在騎樓沙包上滾耍，一不留神竟不見蹤影。那傍晚，他們全家動員翻街掏巷，包括日日遊耍的中山堂。像給拔掉了插頭，遊戲散場後，他幾乎不曾在那樣寂黑的時分獨自前往，覺得莫名生分，空闊無人的廣場看似鬼影幢幢，一絲風吹草動都令人忐忑。他一路哭啼，髒兮兮抹著涕淚，屈膝探向沿途每輛洞黑的車底，呼喚玻麗。

至今他仍清楚記憶，同父親初次幫她洗澡時的場景——黑嚕嚕的玻麗骨碌無辜淚眼，渾身溼漉縮合浴缸中，他手法生澀地抓揉著，一團軟糊糊的肉球在掌心蠕來蹭去，泡沫及水花碎濺……。那是條滑溜、噴吐溫熱血氣的生命，當時他心頭溢滿了惶恐和驚喜。

「這條是人體最長經脈，也是排毒、排溼最主要的通道。」

阿宏從足底至陰一路上推膝窩委中，補充道：

「多按可助理氣活血，改善虛寒、頻尿及膀胱炎。」

母親沒有回應，依舊沉浸時間海，偶爾如暗潮流過孔穴發出意欲不明的躁聲。她患的是血管性失智症，一次跌倒撞及腦部導致蜘蛛網膜下腔出血，緊急動了手術，但腦組織仍受損，造成心智功能衰退。

像電線接觸不良而短路，腦損後母親漸次丟失意識及思想活動，過著機械式生活，對外界刺激僅存本能的神經反射，能吞嚥、咳嗽、打哈欠、眨眼和抓癢，甚至鼻淚管閉塞時也會流淚，對疼痛仍有反應，不過同樣只是無意義的反射。人貌似清醒，兩顆眼珠常盯著天花板或某處打轉，眼神卻顯得漠然。彷彿一具漏風皮囊，身上的氣游離四散。

那是否也是一種假死狀態？將生命徵象降至最低限度的欺敵策略，以躲過死神召喚，獨自玩著木頭人遊戲。腦傷之初，母親原本深陷昏迷，兩週後突又睜眼轉醒，眾人守在病榻莫不振奮開心。爾後她昏昏沉沉，半寐半醒，臥床時間拉長，從健忘、反應慢和走路步伐變小等症狀開始，逐日浮現愈來愈嚴重的失能現象。

或許她把自己結成了一粒蛹，有時阿宏這麼想，不動不食，其狀如死，身體漸縮水，意識困於軀殼，像是正經歷某種過渡狀態，命懸細絲鉤掛風中，待蛻化至另一境地，餘剩一口氣。

像是欲喚起什麼，他令自己回溯兒時，日復一日按摩往事。從小就是最受母親寵溺的老二，父親早逝，大哥自組家庭，妹妹也出嫁後，家裡獨剩母子倆同住。阿宏回想從前放了學，忙不迭拋下書包和鄰居直奔對街中山堂，那時夕陽總低垂天際，每每玩至渾身汗臭、唇乾口燥，便中途溜回家，正顧店的母親會倒給他一杯冰塊水，悄聲招他來，輕摟著，新燙的卷髮飄送綠野香波，手指窸窸窣窣拆開透明紙，把一顆梅心糖塞進自己嘴中。他嗦著、滾著嘴裡的糖，外面是扎實麥芽糖皮，甘甘蜜蜜，裡頭裹酸梅，吃到核心時香甜摻著酸鹹，滿口生津。含著母親給的那顆梅心糖，就能讓自己回味許久，和玩伴消磨整個傍晚時光。

只是丟失的再難喚回，那些感受如今已潮退，顯得虛浮漂搖，像海沙不斷自趾縫泄漏，像母親持續受潮斑剝的身軀。即便奇蹟般甦醒，卻不再像個人，看似死去，但仍活著，看似活著，又如死去。兄妹幾度磋商，始終無法下決心將她送安養院，對他來說，那等同遺棄。

血緣也不過如此。阿宏的手在那腫脹雙足拓出數枚指印，久不散，不確定母親是否感覺痛，但他確實按到了自己痛處，無數細沙積沉在那，似針戳反射難忍的刺麻酸澀。會痛，代表自己仍活著。

按摩完，莉亞走來為母親拍痰，使她側臥將紙巾墊於下顎，手掌呈杯狀朝背部由下往上使勁扣擊，讓胸臆發出啵啵啵的空音，瘦稜稜的骨架快給敲散了，直到一口濃痰在喉嚨燒滾，終於給咳出。

母親復歸平靜仰躺床上，又繼續那無意義的視移，偶爾身體某處軋出聲。他仰起脖子看著母親目光所及，許久。他們彷彿都在等待什麼，不清楚是什麼，但肯定不是再一次降臨的奇蹟。

「早安，歡迎光臨。」

打進門起，兩排著制服窄裙的百貨小姐便齊聲喊道，走進樓面，各家品牌銷售員則分列櫃位前，向第一批上門的顧客行鞠躬禮。這是日系百貨每日開店的迎賓式，呼聲起落，朝氣十足。

阿宏偏好在這時段逛百貨。自己其實沒什麼需要消費，至多就是前往美食街用餐，或上健身器材專櫃晃晃，考察新玩意。每天經手無數肥白瘦黃的腳，為它們放水、擦洗、鋪墊、蒸敷、按摩……，送往迎來，每雙腳長相各異，脾性迥然，成天與之相覷，有時必須高舉過頭，他因此慣以腳記憶和識別客人。日復一日他坐在那，工時超過十個鐘頭，其實和釘在床上的病人沒兩樣，皆動彈不得。逛百貨成了唯一生活消遣，令他紓壓，感覺自己也像個人被好好對待。

按摩師也難免職業傷害，長時間體位偏斜或力道不均，皆易造成肌肉韌帶勞損，腱鞘炎、肩周炎等隱痛成了常見職災。按摩是體力活，即便待冷房裡也經常汗流浹背，如何在放鬆狀態下使勁，立身中正，沉肩垂肘，是每個按摩師最難的功課。

這天輪休，沒什麼特殊安排，他又上百貨轉了圈，在櫃姐熱烈推介下敗了一組電動筋膜槍，享品牌日優惠價。返家後，阿宏同莉亞合力將母親搬挪至浴間進行每週的盆浴，趁看護為她搓澡時，他退回房裡，著手整理窗臺，將幾盆枯垂的植栽給移走。

母親垂著脖子，像個軟趴趴的巨嬰頹坐浴盆中。窗外春陽暖融融冒著煙氣，似滾開一鍋糖膏，金黃粘稠。洗完澡，吹乾稀疏白髮，四肢塗抹乳液潤滑，並為薦椎一處反覆發作的褥瘡敷藥——那甚為難纏的紅腫破潰，總結痂後又壓挫傷，復結痂。母親瞪著眼，敞開嘴，彷彿發出無聲的哀號。

許久未出門晒太陽，在這大好春光，阿宏感覺母親應當也想出門散散心，正為她挑外出服時，忽聽見哀號。

「哎呀，媽媽又尿了。」

「媽媽動作好快，」莉亞噗哧笑，說：

「還來不及穿布布。」

長久來三人幾乎發展出一套合作無間的模式，類似遊戲的默契。一、二、三……，阿宏單膝跪床上，托住母親肩頸和膝窩奮力將她抱起，以怪異姿勢止靜半空，憋得臉紅脖子粗。莉亞手腳俐落地抽換看護墊。

群鳥自天空掠過。牠們取暖似簇擁成團，群棲群飛，由領鳥率隊疾速翻旋移動，在黃稠稠的天空來回弛張，忽而撒網忽而收網，齊一攀升、垂降和急轉彎，流暢地變換陣形，彷彿有股神祕的力量令牠們聚而不散。他注意到有隻鳥似乎脫了隊，欲振乏力，和群體漸行漸遠。

一、二、三……，木頭人。阿宏倏地回過頭。遊戲時，每當作鬼的背過身，眾人無不極盡作怪能事——扮鬼臉、挖鼻孔，手舞足蹈一番，甘願了才奮力往前衝，待回頭，瞬間又不動聲色，像存心故意的懲罰與折磨。

說不定出其不意便能捕獲漏網鏡頭。他想像在無人知曉處，也許是曠闊野地，或河灘長草翻滾的白浪裡，當他背過身，閉起眼，便會聞見母親自風中走來，窸窸窣窣拆開玻璃紙，往自己嘴裡偷偷塞一顆梅心糖。

也許癱瘓的是這個世界。他回過頭，看見母親似是追起防火巷那頭一顆給拋來扔去的黃皮球，冷眼旁觀著，約莫久違的光照過於刺激，她眼角滲出濛濛淚光。

在即將沉落前，夕陽拉出麥芽膏狀的金絲鎏光，像牙齒沾粘的甜香久不散，令人舔嘴咂舌，留連回味。

火樹銀花

上午十點，開門營業，從市場小吃攤撤換的瓦斯桶陸續擠站店頭，擋住了半條走道，早些車回的且讓長串鍊條鎖一塊。十月秋陽反撲，浪潑潑湧進騎樓，日焰下，噴上電話和行號紅漆的瓶身火燙燙，如一管管發亮的炮筒靜佇廊簷底。

店內亦排排站滿大小鋼瓶，牆上貼著「嚴禁煙火」的告示。大兒子蹲坐印有象棋和跳棋棋盤的摺疊桌前一橫一捺讀寫ㄅㄆㄇ，小兒子踩著滑步車橫衝直撞，塑膠輪喀啦啦滾過磨石子地板。阿棠撥了通電話給上游分裝廠，請對方來取空桶，可麗則埋首帳簿敲著電算機，一筆一筆核計登入的款項。馬路上車轟隆隆駛過，一個極平和的尋常週末。

「用功點，以後才可以去念美國學校。」

阿棠點兵似盤著店內瓦斯桶，經過大兒子身邊隨手挲了挲他的頭。浩浩仰起臉覷著父親，半晌，似懂非懂地點點頭。

「那不是美國人才可以念？」

可麗瞥了眼他們父子說。阿棠似乎沒聽見，繼續清點並一一檢視上頭的氣閥。

「翔翔，不要在那邊，去後面玩。」她揮揮手中的筆示意小兒子。翔翔回過頭，嗦了嗦口中奶嘴，旋即風向一轉嘩嘩滾到旁邊去。

「把拔，什麼時候要去動物園看圓仔？」浩浩突然想起似，又抬起小臉蛋茫茫問。

阿棠和可麗結婚方滿五年，彼此是相親認識的對象。職校未畢業，他便投入這一行，每天上樓下樓來來回回得扛百來個瓦斯桶，身上沙隆巴斯補丁似愈貼愈多，自行開業後工作更操勞，母親也前來幫忙，婚後換可麗接手，負責接聽電話和管帳。

同輩中阿棠算晚婚，相親攏總不下二十回，過去久未聯繫的同學若聽聞此事，不免要碎嘴咋舌感到驚詫。阿棠是長子，底下還有一雙弟妹，國小畢業冊頭像一字排開就屬他相貌最俊秀，尤其家裡開文具店，讓他有別一般同齡小孩，擁有像雄獅「黑白派」三落對開彩色筆手提箱，稱得上繽紛得意的童年。

那時阿棠是班上風雲人物之一，性格開朗風趣，笑容陽光，不是鋒頭最健的一個，也非模範生，但極得人緣，為康樂或體育股長不二人選，功課也在中上，是女生們附耳嚼舌的對象。身為文具店小開，除了享有各種新穎學具，總能搶先掌握流行情報，在那塞滿琳瑯雜貨的店鋪裡，不但風光展示著街區唯一一臺烙有彩虹蘋果商標的電腦，還有任天堂紅白機、戰鬥機模型、日本特攝公仔、布袋戲戲偶，甚至遙控汽車和飛機……，因此班上男生也愛圍著他轉，巴望放學後或能受邀去他家。

加上店裡還負責影印試卷及代訂自修，老師似乎也特別關照阿棠，有那麼一學期，坐他隔壁的女生恰是班上多數男生心儀對象，死黨們常以此取樂，久而久之他們被視為理所當然的班對，是黑板粉筆塗鴉小傘下庇蔭的那兩個名字。那段時日，感覺連呼吸都無比暢快，胸口漲溢，彷彿一屋子琳瑯什貨塞滿了難以名狀的情緒。他雖不曾表明過什麼，總故作瀟灑，仍隱約收受對方回應的好感，比方像默認的裝傻，或更像撒嬌的生氣，並注意到她將自己隨手贈予的一只小花橡皮擦，一次也不曾使用地收在自動鉛筆盒如保險箱隱密的暗格裡。

他甚至曾被推派參選校內自治市小市長，下課掛著候選人背帶，在同學簇擁下拉起海報至各班級拜票，朝會時上臺發表政見，簡短逗趣的談吐令底下師生捧腹。雖不是出身知識份子家庭，父母也非家長會會長，但挾著高人氣，最後仍掄下第三高票。如今回望，那大概是他人生最巔峰。

此外，阿棠還有一夥呼之即來的玩伴，家裡同樣開店做生意無暇管教的野放小獸，包括傢俱行和建材行三兄妹，成天廝混，四處遊蕩長大，放學立即攻佔附近中山堂廣場，像黃昏時分一群盤旋集結南飛的黃鶺鴒、家燕及棕沙燕，聚成小型鳥浪，在天空翱翔，行雲流水地變換隊形，時而是翻捲的烏雲，時而驟雨狂炸，看似凌亂卻自成格局，在疾速群飛和急轉彎中展現驚人的協調默契。

他便是那起伏翻飛隊伍中，總單個飛在最前頭的領鳥，他往哪，鳥群就朝哪，他拐彎，他們跟著轉風向，他俯衝，他們也刷刷地降落。他左臂還留有一道帶頭翻牆時讓鐵勾刺開的創痕，就像每個海盜頭子臉上都劃有刀疤，增添了一股狠勁，也被視作成長的榮光印記，讓他人生彷彿多了點神祕色彩和故事性。

或許也因左右逢源，上國中後，阿棠更耽於遊樂，當大夥紛紛收斂玩心安分地讀書考試，他開始沉迷電玩，後來更熱衷競速，改造起小綿羊機車。不知是誰背向了誰，眼前路突然分歧，他與兒時玩伴愈行愈遠，加上聯考失利，職校生活圈和朋友群也不同了，久而久之臉上的陽光和黝亮膚色漸褪，性格反倒變拘縮。

他從改裝小綿羊獲取成就和樂趣。拆掉後懸彈簧，低貼地，尾椎感受劇烈震彈，過彎時像一顆擦邊球或彗星臨界近乎給拋飛的張力，加上暴走的排氣管，整流罩刮地一路迸飛碎亮火星，不只速度感，渴望逃脫苦悶日子，在那青黃不接的年紀尚不足以擁有汽車駕駛執照，轉而改造一臺風格獨具的特仕機車，踩上踏板即可四處浪遊，蛇行規範邊緣，騎乘時體內催響一股澎湃聲浪，幾乎達到人車一體境界，彷彿自己便是全世界。

風潑潑，像有什麼在後頭追趕，催著油門往前衝時，腦袋放空什麼也不想，在黯夜無人的大路上狂飆，內心嘶吼音爆，所有沿途風景都給遠遠拋甩，河流般一去不復返，包括那多彩的童年。

高三那年，阿棠書未念完便休學，經友人牽線到瓦斯行打工。後來因老闆財務困難，自己亦無學歷專長，父母又年屆退休，連鎖書局雨後春筍冒出頭，文具店不再受青睞，像寒冬過境鳥獸散，於是他頂下對方牌照和舊鋼瓶，收起蒙了層灰的琳瑯什貨，改開瓦斯行。

生活每天都得溫熱，瓦斯行幾乎全年無休，隨傳隨到。因工作和性格使然，婚事便這麼蹉跎，身為長子家裡難免焦急，尤其每回讓母親逮著必叨念個不休，叮囑他修整儀容，改掉檳榔，多出門踏青。她透過親友介紹數名屆適婚齡的對象，不是他不中意，便是人家看不上眼，幾乎都僅只一面緣，有時連一頓飯也難吞忍，彷彿應了母親那句「石頭愈揀愈小粒」的詛咒。倒是有個叫小雯的女孩子，模樣乖巧文靜，曾私下同對方約會過幾次，他甚至一度以為他們將有所發展，當時候，那胸口漲溢的感覺似乎又回湧，像燒滾的水。

初次和小雯單獨約會，出門前他還仔細刷了牙，穿上合身白T及牛仔褲，不只看上去年輕些，並隱約拓出日日舉重硬實的筋肉輪廓，那似乎是自己唯一可展現的優勢。

和多數戀侶一樣，他們去到動物園，至於看了什麼珍禽猛獸則毫無印象，只曉得對他來說那是晴朗而愉悅的一天，豔陽像放起白日焰火。犀牛糞便好臭喔！小雯轉頭，向他捏著鼻子訕笑的模樣深烙腦海。彼此雖無太多話題或互動，泰半靜靜並肩散著步，阿棠感覺對方似也有意，因她看來比相親那天更精心裝扮，穿了件翠青連身花裙。一整日，裙襬上飄轉的小花紛紛碎碎令人撩亂。

隔週，他又大膽提出邀約，期間訊息往復，小雯以工作為由推延了幾回，不過最後仍赴約。第三次約會，阿棠盤算著就要牽她的手，在黑矇矇電影院裡、復古咖啡廳內，以及幾度站路口等紅燈時，他想方設法挨近對方，卻發現不論自己靠向哪邊，她包包恰巧就拎放那邊，完全尋不到縫隙下手。

然後就再沒下文，最後一封訊息石沉大海。約半年後，阿棠輾轉得知對方訂了婚，心中雖困惑，卻未開口探聽，似乎自己也沒立場過問。只是往後對相親一事愈顯懶怠，像壺冷卻的水。

直到遇見現在的妻。那是車友刻意安排三對三出遊，深秋相約上山喝茶，他小綿羊後座載著當中身形最嬌巧的女孩，比一桶家用瓦斯還輕。可麗性情平易可親，一路主動找話攀談，上下車雙手自然地搭肩上，說話時挨近耳邊放大聲量，講到激動處還會不自覺拍打他的背，像兄妹或好友那樣。山上天冷，風獵獵襲來，凍得鼻水不聽使喚淌下。很冷吧？她探頭問。還好，習慣了。阿棠吸吸鼻子，吃著風說。可麗相貌平凡，是那種五官淡糊像鏡中霧影易讓人抹忘的女孩，初見他沒有太多感想，無法評斷好不好看，只能說不起眼，甚至牙齦有些暴，若不笑則不是太明顯。

事後阿棠未主動出擊，連電話也沒開口要，只偶爾在車聚中碰頭，每當大夥起鬨拱他們倆，便裝靦腆閃避。可麗是一家旅行社票務，與她爽朗性情頗相襯，不過他總感覺，相較外貌，那相對大方的應對反倒像欲遮掩什麼，有點故作堅強之類。欸，你是不是有在吃檳榔？某次閒聊坐身後的可麗大聲問。阿棠頓了頓，口吃地解釋只有工作需要或天冷才吃。喔，能少吃就少吃啦。然後他肩頭又捱了一記。

他喉頭忽浮起山上那盞金萱的餘韻。不是什麼名貴的茶，沖開後葉片也不肥滿，但甜水順喉，茶性柔軟，有股淡而不覺的桂花奶香，入胃許久才回甘。滿山霧氣底，他感覺內裡有什麼被點著，溫熱了。

婚後一鼓作氣蹦出兩個小孩，可麗辭掉工作，待店裡幫忙。鄰里多老舊社區和市場攤商，客源獲利穩定，原以為經營瓦斯行雖難致富也不致餓著，但近年市場瓜分，競爭變激烈，物價又連年翻漲，成本愈抬愈高，利潤便愈削愈薄，逢淡季或不景氣資金周轉都很緊繃。從前年輕單身無太多考量，身體即生財器具，如今健康耗損，體力像瓦斯慢慢洩盡，阿棠感覺扛在肩頭的鋼瓶愈來愈沉。

加上年初搬來新鄰居，又月中父親意外跌傷。每逢遷入新住戶，瓦斯行便會遭舉發，這個月管區已兩度上門稽查。家家戶戶需要瓦斯，無論清晨六點或半夜三更總會教電話鈴驚擾，且執拗地響個不停，但誰都不願和瓦斯行毗鄰，彷彿一顆安在街坊的不定時炸彈，遠遠見著便繞道而行，打烊後亦毋須以三角錐占車位。其實自己也一直盤算著離開，或轉業，卻給牢牢綁住，和滿屋子鋼瓶鍊鎖一塊。從前一塊長大的玩伴早紛紛遷離，鳥獸散盡，唯獨同樣繼承「傢」業的蔡宗穎仍守在街尾，但彼此已不再交集，幾度遠遠瞄到對方身影便佯裝未見，順勢閃避過去。那每每讓阿棠心頭充塞一股說不出的悶脹感，像缺氧而呼吸困難。

剛自信用合作社返來，他頹坐店裡，倒了杯茶喝。近日父親住院多添一筆看護支出，貸款卻屢屢被打回票。楊先生，你這是嚴重抗性住宅，恐怕很難辦下來……，放款襄理皺起眉頭說。嚴重抗性住宅，這還是他頭一遭聽聞的專有名詞，原來瓦斯行不但和宮廟、高壓電塔一樣屬嫌惡設施，且為高風險業，連銀行也忙不迭閃避。他拿起桌上紅單看了看。那是因超存告發的兩萬塊罰單，若按新制規定，店面至多能存放六支鋼瓶，風頭上他還得籌個倉庫囤貨，再大老遠往返載送。

開業至今，他不曾耳聞哪間瓦斯行出事，倒在電視上看過為規避罰則密藏地下室導致外漏未察而氣爆的新聞。那悶炸威力之大，把一樓地板鑿出洞來，整片鐵皮屋頂都掀翻過去。阿棠下意識環顧一屋子大小瓦斯桶，自己就坐困其中，像給包圍了似。

那閃爆會是怎樣壯麗的場面？先是擦出一絲火花，接著瞬間引燃，高溫悶燒下一支支瓶閥如「勝利之花」彈炸，氣體大量噴洩形成閃燃，轟然一巨響，門窗全碎裂，眼前一片曝白，火舌自開口處竄出，整幢建物像在喘息或搏動，吐納著濃煙黑霧，把天空都給照亮……。

他腦海火光迸濺。每至年終，因還得開門做生意，他們全家連同隔壁經營水電行的弟弟阿文，索性在店騎樓排開桌椅，辦起烤肉趴跨年。遠方不時乍現火光，聽見爆破聲他便會抬頭眺望夜空。小時候家住河堤邊，每年某日總能就近觀賞一場免費又盛大的煙火秀，當外頭炮聲隆隆，他們兄妹便搶出門，爬上自家發財車車斗，隔著河，瞭望一叢叢在夜空爆開的火樹銀花。後來才曉得那天是美國國慶，對岸施放煙火的則為美國學校。他聽大人說，在那就讀的多是金髮碧眼阿兜仔，念的是ＡＢＣ狗咬豬，下午喝牛奶吃點心，每天搭黃色校巴上下學，不像他們得排路隊豔陽下蜈蚣樣一路拖蹭回家。堤防分隔了兩邊，彷彿河對岸就是進步新世界，那是幼小心靈嚮往的美國夢，生活就當如此燦美，那時阿棠便想，以後他也要送自己的小孩去讀美國學校。

壯麗卻短促的焰火炸亮黑夜，每一次引爆，孩子們便齊聲歡呼，當天空全暗了以後，他眼底還殘餘視覺暫留，像流星雨緩緩墜入夜海。火光消失後的夜空反倒更顯清冷，黑洞洞，說不出的寂寞。他拍拍屁股，自車頭溜滑下來。

「銀行怎麼說？」可麗自廚房走出，搖著奶瓶問。

「啊對，」阿棠拍了下大腿，說：

「西藥房早上叫了一支二十。」

他覷見那奶瓶乍想到，彈起身走向門口。

「把拔，什麼時候要去動物園看圓仔？」

浩浩作完功課蹲地上滑迴力車，見他走過身旁，又抬頭問一次。阿棠拉來推車，放上一支瓦斯，喀啦啦往外頭拽。陽光驀地投下，炸得人眼前一片花白，焰日底，擠站騎樓的鋼瓶閃熾熾，堅實桶身看來足具威迫感和殺傷力，彷彿稍走火隨時可能轟開。空氣悶沌沌，像有無聲無臭的什麼不斷洩漏，一股不安的氛圍隱隱浮動。

中午時分，一家口圍坐擺放店裡的摺疊桌，一面吃飯配電視。翔翔咬晃奶瓶，挑戰障礙賽似驅車在鋼瓶間鑽來溜去。主播正語氣高昂地播報動物園大貓熊新聞，電視裡，圓仔吹氣球般轉眼長得老大，翻動肥滾滾身驅在展示館內跑跳，箭步如飛，小時候吸吮奶瓶、仰天踢腿的可愛模樣給撐糊了，已不著痕跡，若沒比例尺，幾乎認不出那究竟是圓圓還圓仔。浩浩茫茫盯著電視，說不出什麼滋味，像目睹硬幣在掌中消失的魔術，半晌懸著碗筷，張口發愣。

吃過飯，抽空跑了趟醫院，回程再轉去附近郵局。最後一絲寄望依然落空，阿棠枯坐圓凳，時而默望門口，時而翻著手機電話簿，或點開遊戲百無聊賴打著怪。可麗在一旁繼續對帳。

孩子都已睏去，店面靜落落，像一頭沉睡秋陽裡的巨獸，鼾齁起伏，炮燥的空氣隨之脈動。外頭晴空光焰焰，有人字編隊的群鳥暗影掠過，對街中山堂讓整張炙陽網住，已不再有孩子會在那玩耍奔逐，偶爾滿地落葉被風颳起，原處打轉，彷彿有什麼盤旋不去。突然間走入一女子，打著傘在門口探腦，驚蟄這沉滯的午後。他忽望見時，怔了怔，片刻後，才在那似曾相識的臉上讀出熟習的輪廓。

「你是……楊淮棠對吧？」

女人收起傘，生澀地向他微笑。阿棠腦殼轟轟響，腳下有些震盪，緩緩站起身走上前。對方像赴宴似，穿鵝黃連身花裙，肩著小提包，臉上薄施脂粉，說話時晃動草莓果凍般的唇光。雖然身形整個拉長了，五官也變成熟立體，但模樣仍清秀如昔。

「好久不見……」

他勉強擠出問候。方才有一瞬間，阿棠腦中甚至閃過佯裝成弟弟的念頭。

「這幾天剛好回娘家，想說好久沒來這一帶，就順便來走走，找看看以前那些店家和老同學。」

「沒想到你還在。」女人說。

「對呀，」他撥撥一頭亂髮，環顧身後結巴地解釋：

「就自家店面……」

「感覺整條街變好多喔，好多新開的店，差點連你家都認不得了。」

她順他手勢望進店裡，覷見可麗，瞇起眼打量。

「你好，」

可麗停下手邊工作，點頭燦笑，眼神瞥向丈夫問：

「是？」

「那個，」

阿棠沒理會，以一種對會計小妹的口吻支使：

「幫客人倒一下茶。」

「不用麻煩了，」對方連忙擺擺手。

「只是打聲招呼，等下就走。」

可麗仍起身倒了杯茶，親切招待。女人同他站門口聊了會，之後看看錶稱有事待辦，便點頭告辭。短暫重逢，幾句無關緊要的寒暄，他只覺得腳底持續晃搖，像一朵讓強風捲颳快箍不住的雲，也彷彿置身夢境。阿棠陪她走出騎樓，目送對方遠去，轉回店裡，驀地瞥見那把遺忘牆角的傘。

像一陣風吹遠，漫天揚起的枝葉沙塵又紛紛落地。可麗丟下帳簿，進屋裡安撫自夢魘驚醒的孩子。阿棠則踅至騎樓，縫著眼覷了覷斜陽，在矮階上岔開腿坐下。

他盯著前方飄浮熱氣的柏油路，沒來由想起一樁童年往事。某個舊曆年，照常開店做生意，趁大人忙碌之際，他偷抓了把店裡販售的各式升空及地面煙火，沖天炮、大彩蝶、碰碰珠、勝利之花……，塞入厚夾克，同鄰居們溜進中山堂，在空闊無人的廣場施放，分作兩隊伍，點燃手中爆竹互擲，一鍋油炸蝦砵砰亂跳。混戰中，大夥忽發現一支丟地上的水鴛鴦似熄了火，遲遲未引爆。沒人敢靠近，全佇足屏息以待，猜想它會不會或何時要爆。踟躕片刻後，在眾人鼓譟下阿棠躡腳走上前，放膽伸手撿起，剎時那枚炮冷不防炸開，噴竄白煙，他略驚愣，五官憋擠一團往側邊閃，身後玩伴們全拊肚笑成了捲蝦，東倒西歪，回神後他也搔著頭傻笑，手指一陣灼痛。

車輛無聲流過眼前，玻璃窗反射刺目的光。似有一股氣積塞，阿棠感覺胸口異常脹熱，幾乎無法呼吸。他知道有什麼在內裡悶燒、搏動著，就像那枚炮。

他下意識摸摸胸前口袋，掏出菸盒及打火機，敲了支菸含嘴上。路上往來行車又恢復音量，隆隆地傳進耳中，阿棠忽然體會到，人生就該像夜空中的火樹銀花，即便短促，也要轟轟烈烈盛綻一次。他想，自己從未能真正長大，大概是因不捨童年結束。

他點燃火。恍惚間，眼前景物晃散開，他似乎聽見了爆破聲，極輕脆的哐啷一響，乍醒來，驀然回望，瞅見方睡醒、後腦勺扁塌著髮的小兒子胯下滑步車撞倒一支小空桶，同時間，翔翔含著奶嘴轉過頭，睜大驚恐的眼與他對覷。

阿棠默默抽完菸，歎息般向空中吐出一團白霧，往地上搓滅菸頭，像一枚啞炮捻熄了自己。終究什麼也沒發生。

同學會

上髮廊前，楊淑敏先走了趟信義商圈，在百貨某獨家代理女裝品牌櫃翻繞一回，挑了件低調具設計感的英倫街頭風雀藍長大衣，在試衣鏡前左右端詳，確認是當季限量款，便爽快地刷卡提袋。接著她走進不曾光顧的女鞋店，在展售瓷器般打著清光鹵素燈的玻璃層板間，看中一雙鼠灰牛麂皮細跟踝靴，既修長腿肚又顯率性，結果試穿小了半號，但礙於時間迫促無法等候調貨，蹬著鞋百般踟躕仍簽字埋了單。她遊說自己，鞋嘛，只要多踩幾步路多少寬鬆些。

臨去前，她且在一樓素來鍾愛的法國品牌敗了年度女香——據稱香調靈感來自童年玩伴，清晰木質調透出絲微梔子花香，去年週慶試聞好幾回卻始終沒下手。

當她推開髮廊門，恰好是預約時刻，午後來客不多，幾臺吹風機和大帽蒸氣轟轟運轉。洗過頭，披散溼漉的髮，和設計師就著髮型書及色卡再三商酌，最後選定稍有變化的安全牌著手進行改造。特意揀在一週前整理頭髮，如此能削減新燙感，且洗過幾次捲度和髮色會更自然。

約莫一個月前，猶豫數天後，楊淑敏在新加入名為「跳房子」的臉書私密社團接受了同學會活動邀約。分隔二十多年，那些像斷線的珍珠項鍊流離滾散的國小同學，藉由臉書一個銜一個又陸續給串了回來。從個人頁面中，多少補綴幾乎自畢業就裂缺的漫長空白，窺見彼此生活現狀，沒有過場的跳剪鏡頭飛速且唐突地壓縮了時間，在那段遺落的時光裡，她們轉瞬各自長成。上一眼猶是清湯掛麵、卡其服配吊帶裙的土矬樣呢……，而今大多已結婚生子，相簿盡是闔家出遊、餐聚以及各種晒娃的日常集錦，好似為了這些畫面格外用心經營社群，或反之。多數輪廓身形吹氣球般給撐開，即便有些歪塌走樣也能一眼指認，但仍有極少數許是因進步的醫美科技，簡直重新投了胎，腦海翻箱倒篋竟找無一絲線索。

網路上的聚首充滿驚喜，然而實體同學會則是另一回事，去或不去都難拿，著實困擾她。去了，想當然一室人妻人母同溫共情，話題必如臉書繞著家庭打轉，又無法略過不讀，那令她想到便厭乏；不去，別人或以為你在閃避。況且自己也不免好奇想再見她們一面——特別是妍霏、宜珮和佳真，幾個曾作夥玩耍且互訴衷腸的手帕交，其中一人在斷絕往來多年重又無事地與她互加好友。雖說彼此近況從刷新的動態便可略窺一二，但誰都明白那就和泡麵蓋上精美的擺拍一樣僅供參考。

她想當著面說說話、握握手，感受實際的氣色、吐息和溫度，眉宇間的神情流動，看看如今她們都變成了什麼模樣。女人一旦生過小孩散發的就不再是費洛蒙，而是母性光輝，再美的都一樣。

如服刑期滿，卸下學生制服後首件迫切的事，就是蓄長髮。由於學生私下戲稱「老姑婆」的班導硬性規定，自己從小五至高中畢業一概是耳下肩上的短髮，那讓女孩看來全一個樣，像蝴蝶給剪去纖毛，她們所能關注煩惱的，僅止於髮質不夠柔順和髮尾老是亂翹這類卑微末節。楊淑敏翻著女性雜誌，抬眼看看鏡子裡滿頭飛夾的自己，氤氳中瞇縫眼，接而想起梅杜莎來，不覺莞爾。她曾是受詛之人，如今那咒毒再恫嚇不了自己，傷害會喚醒沉睡的能量，被賦予毀滅之技也不見得是壞事。因為單身，寶貴的週末午日方能有這等貴婦級享受。人生跨過某個階坎，隨年紀漸長、見識愈多，她愈懂獨處的安樂，簡潔的奢侈，就如修掉髮尾分岔那般療癒，並為這份餘裕額手稱慶，連久坐的腰痠背僵都令人痛快。

突然間手機鈴響。她翻開包包，摘除耳罩，不慌不忙接起來電。那頭開口的是母親，幾句言不及義的寒暄後，再憋不住追問起進度。這三、五年間，眼見周遭親友膝下兒女一個蹦一個忽地瓜熟蒂落成家或生育，尤其女孩子，即便歪瓜裂棗也都有了歸宿，作為遲遲無法收成的母親，心裡著實不是滋味。

「她就眼睛生在頭殼頂，早知不要給她讀這麼高。」

母親總在人前如此又刮又捧她，似乎仍沉湎過去慣養的榮顯中。轉過身，旋又四處熱線，暗中探聽順道放風聲。兩個月前，便經由據稱是母親少女時一位好姊妹牽線，媒合了一場飯局。

「聽說是教體育的，大你兩歲，肖猴。」

晚間看韓劇，進廣告時母親瞥了她一眼說。

「我最討厭國小老師了，」她手握遙控器，面無表情盯著螢幕。

「國小老師都心理變態。」

「雖然現在薪水沒有說很多，」

母親按著腦海中的計算機，像算給自己聽。

「不過公務員是最穩的，到退休至少八、九萬跑不掉，日後生小孩讀書還有補助，將來月退俸領差不多七成，老了免煩惱吃穿。聽說人家男生也是很挑，才會說……」她轉過頭，母女對看了一眼。

過幾天，阿姨當真專程送來照片。對方胸前掛著哨子、手托球站在任教的學校操場，運動短褲下岔著兩條粗毛腿，髮量也同等濃密，眉眼因烈日蜷起，相貌不值一提，人倒長得壯碩黝黑，少說高出自己兩顆頭。當時楊淑敏正吃著午餐，那人似不經意給落在桌角。原本對相親意興闌珊的她睇了眼相片，忽轉念，心想在同學會前見見對方也無妨。

「你們昨天不是約出去？看完電影有再去哪裡走走沒有？」

「喝咖啡啦，喝完就回家了。」

「阿吶喔，」電話那頭止不住嗤嗤笑，問：

「男生有給你載吧，是開什麼車？」

那是他們首次單獨約會。對方開一臺銀白運動休旅來，原本提議爬象山，途中卻無預警飄起毛毛雨，毫無雨備方案下，在迷濛壅塞的市中心瞎繞半天，最後聽從她建議直駛東區百貨，吃飯看電影。第二次見面，她便斷定兩人絕無發展可能。活脫粗人一個，一如撰述影像診斷報告她在心底表列摘要，並作總結——穿著不合身的西裝外套，岔著八字腿走路，電影看到幾度瞌睡，飯菜兩下扒光，咖啡一口飲盡，不諳人情世故，疏於察言觀色……。看似粗獷的大男人卻意外地碎嘴，一個下午，耐著性聽他朗朗高談近期體育賽事和校園逸趣，她勉強集中精神，陪著笑，心想這人就同他的車沒兩樣，看上去還稱頭，但過彎穿巷便顯大而無當、拙手笨腳。

「對了，淑敏喜歡小孩嗎？」

那天隔著咖啡桌，對方忽傾身問。

「嗯……」她往椅背退了退，僵硬地點頭。

「還是你們女生比較有耐心。老實說我覺得現在小孩真難管教，罵不得更碰不得，只好罰他們跑操場和蛙跳，就當體能訓練。」

他笑得花枝亂顫，她覺得臉頰一陣熱。

費了番功夫，終於吹整完畢，鏡中暖棕髮色及鬆柔捲度削減了長髮的塌沉，這是最新韓流雲朵燙，似卷非卷的自然感，不經意的疏懶，彷彿一切都不上心。換髮型旨在換心情，她感覺輕爽甚多。凡出門，即便下樓繳個水電費，她都會薄施淡妝，戴上大框眼鏡，隨興挽個髻，時刻低調武裝自己。有那麼一回，臨時為了瓶甜辣醬，她套上寬鬆T恤，素著眼，後腦勺還咬著鯊魚夾，匆匆攜了錢包前往超市，不過十分鐘耽擱，不巧就撞見和她吃過飯的相親對象。對方扶著手推車，像端詳一盒特價蔬果觀望自己許久。甚為尷尬地點頭招呼後，她幾近落荒而逃，當下懊惱不已，從此不再抱持僥倖心理，也謝絕和同一轄區的異性相親。

抹上泡沫雕，耙抓定型，她就著設計師手中的鏡子左瞧右照，微笑稱謝。推開門走出髮廊，已是向晚時分。

搭車前赴同學會的路上，楊淑敏追憶起許多往事。窗外車水馬龍，秋陽瀲灩，等紅燈時，對街大人拽著小孩匆匆穿越斑馬線，她的時間倏忽停步，四周景致便愈加飛逝，眼前迷離倘恍……。剛升五年級，開學後，由於同為班上名列前茅的學生，她和妍霏、宜珮、佳真自然走得近，漸熟稔起來，上課互傳紙條，下課結伴如廁，音樂考試和自然實驗也總劃分一組，甚至自願發派外掃區，午後拎著畚箕長夾一路踢躂，至花圃撿落葉，在滿園黃燦燦馬纓丹圍織的綠籬中嬉耍，如白衣黑裙的粉蝶撲顫。有時假日相偕出遊，四個小女生串橡筋繩似彼此揪扯，手拉手飛奔過馬路，嘁嘁喳喳逛禮品店，蹲聚著翻挑明星卡片。

當時妍霏是班長，每天穿著潔白制服上學，手帕和裙子褶襬燙得平整有條，彷彿連頭髮也給熨過，是眾人眼中出身好、長相甜美，又謙和有教養，各方面皆出色的資優生。雖無同等家境背景，楊淑敏卻也是演講和國語文競賽常勝軍，各擁擅場。無論成為摯友或仇敵，都得旗鼓相當，她們確實共度了一段燦美時光，交相輝映，招引旁人羨妒的目光，比之蝶群，更似那一整叢枝梗橫生、攀纏成牆的馬纓丹，豔日下迎風燦搖，強烈的侵略性和排他性，地盤內無有其他植物立足空間，莖枝逆生的刺連貓狗都難穿踏。日影斑斕讓她忘卻長久來的內心孤暗，以及彼此身上那與生俱備的弱毒——雖不致命，卻也足夠令人隱隱刺痛一輩子。

每年畢業典禮，照例，學校會指派一名五年級生作在校生致辭代表歡送學長姊，身為當學年全校演講及朗讀比賽雙冠軍，自然是不二人選，那陣子楊淑敏按捺內心激越，數著牆上的日曆紙跂盼，甚至在這幫姊妹面前預演了好幾回講辭。

典禮前兩週，課堂上班導終於提及此事。她如坐針氈，汗著手，心臟就快蹦出喉嚨。

「班長的臺風和模樣都是一時之選，」

熟料老師將目光投向坐在自己右前方的妍霏，微笑問：

「這個光榮的任務就交給你，可以做到嗎？」

楊淑敏像給搧了記巴掌耳鳴隆隆，臉煞紅。所有人莫不轉頭，可以感覺其中不少灼烈的目光是射向自己。她亦望向妍霏，那如漫畫勾勒的完美側臉，急待聽候答覆，卻見對方抿著嘴，眼睫顫動，輕輕點了點頭。掌聲驟然響起。

終於捱至下課，女孩們相約上福利社，自己亦隨人群移動，同學競相挽住妍霏的手道賀。究竟中間出了什麼差錯，她一路納悶，揣想或許單純是老師偏心，或者妍霏甚至她家長曾私下毛遂自薦？……。無論如何，對方理應有所回應。

「恭喜。」

她穿過人群走上前，低聲致賀，雖勉力擠出笑容，但自己的臉肯定比蠟像還僵。妍霏正嗦著一支草莓冰棒，驀地轉頭，眼睛瞇成一線，向她應了聲：「謝謝。」臉上的笑靨就和手中冰棒一樣酸甜，周遭風和日燦。

那是楊淑敏人生首場震撼教育，自此她才認知到，往後尚有無數輕於鴻毛卻重於泰山的突襲和伏擊。或許出自模仿也或者天性，五年級已是小大人世界，只是自己愚騃未曾察覺。賤。她心底頭一回蹦出這字眼，覺得生澀新鮮，輕聲唾出時且如此清脆彈舌，彷彿給開啟嶄新的維度，一夕長大，人生風景驟變，隱約懂了生存就是彼此消長的過程，一場有限的零和賽局，即便遊戲也有勝負，沒有誰得以置身事外，只能被迫加入戰局。

同學會場地選在捷運站附近，一家親子友善餐廳。抵達時，店內已語笑喧闐。由於「跳房子」社團成員清一色女生，在場少數男性應為配偶身分，髮線都明顯略高，幾個五、六歲毛頭和初學步的幼童滿場奔晃，險些撞入她懷裡。楊淑敏脫下外套，進到裡間，同學們望見紛紛趨前，無論過往生熟，彼此拉著手相認、寒暄，驚咋迭起。燈火闌珊，樂音池靡，她在一張張清晰又模糊的臉孔間擺盪、轉繞，昏眩繚亂，彷彿昨夜之夢，一首未完的圓舞曲，那一刻她其實有些眼熱。

人群中，一眼便瞧見妍霏，還有同樣縈繞周邊的宜珮。她點頭微笑。雖已不再甜美如昔，依舊是花圃裡最招展的那朵。對方蓄著一頭俐落赫本短順髮，露出小巧耳廓，身著簡素針織罩衫和牛仔褲，腳踩白色平底鞋，手裡端著卡通塑膠碗和飯匙，正餵食宜珮懷中的幼嬰。

「楊淑敏，」妍霏先開口。

「真是好久不見……」

「就是嘛，」

除了摘去厚片眼鏡，樣貌幾乎無甚變化的宜珮在旁搭腔：

「你怎麼好像人間蒸發，和我們一畢業就斷聯，都沒消沒息！」

她哂哂笑，也不辯駁，換了個話題問：

「佳真呢？」

「在美國呀，記得上次見面是……五年前我結婚的時候。」

「恭喜。」楊淑敏彎下腰，伸出一根食指輕撫嬰兒那貼著幼薄胎毛的腦門，像觸摸著瓷器。

「好乖喔，多大了？」

「六個月囉。一點都不乖呢，是個壞脾氣的臭小子！」

男嬰使出吃奶力氣踢蹬了幾下小肥腿。妍霏露出自己不曾見過的慈藹笑臉，眼睛瞇成線，咂舌逗玩，瞬間又化身幼體。她注意到對方眼角的皺褶，略厚的肩胛，胸襟且沾黏一小塊已拭去的乳白醬漬，挨近時，嗅得出香氛裡夾雜的嬰兒奶酸，昔日臉上的飽亮光澤也消褪了。不過頸間和戒指成套的珍珠項鍊倒是顆顆圓潤飽實、皮光清透，十指也依舊細白，想見嫁得不差。

「聽說你在榮總，是放射師對嗎？好優秀！」

「哪有，考不上醫學系才念醫放系。」

「女生念醫科已經很厲害啦，哪像我們讀文組的。」

「還是金融業好，真正的金飯碗，每年光年終就羨慕死人了。」

「才沒有咧，」

臉書自介於某外商銀行任職的宜珮擺擺手，說：

「是金玉其外敗絮其內。如果把年薪除以年工時，簡直廉價勞工。」

「欸別說了，你們至少還有自己的生活。」妍霏歎氣。

「哪像我，每天和小鬼綁一塊，只能當黃臉婆。」

話雖如此，卻感覺不到一絲悔意。

在醫院放射科工作，楊淑敏每天所面對就是一臺巨大冰冷的儀器，接病人、擺位、攝像、閱片、出報告……，制式化的反覆操作本質和生產線上的女工無異，幾乎所有步驟皆為膝反射。獨自一人待檢查室加班至夜間九點，面對螢幕上各種肝膽腸胃的黑白成像，冷氣和地下樓往生室一樣溼寒透骨，也習以為常。對她而言，利用醫學造影儀器從不同角度，甚至極刁鑽的切面，發掘肉眼無法透視隱蔽於體內的祕密，是工作樂趣。雖說薪水其實不若外界想像高，且需輪值班，但她仍為得以投身忙碌醫職，同機械和人體器官共事而深感慶幸。

升上六年級後，自己投注更多時間於學習，對社交不再那樣熱絡。當她埋首課業，隱約也嗅覺周遭氣氛的微妙改變，同學間話題不再繞著偶像明星，而轉向鄰校或隔壁班男生。那大概是生理期裙帶，晚熟的她為班上少數尚未來經的女生，像隻落單或毛色歧異的羊，對那些洗手間的密語及私物交流總沒法插上嘴，漸漸也就一個人如廁。她注意到她們下課常貓聚一塊頑鬧，神祕兮兮附耳嚼舌，尤其每當提及某個名字，甚或只抽點某個字，妍霏便滿面飛紅。

她探聽了那人。對方是學校棒球隊主投手兼隊長，生得高瘦黝黑，笑起來像黑人牙膏擠出一口雪亮的牙，似乎頗得異性緣，練球時總招引不少女生趴女兒牆上窸窸窣窣品評。他就住河堤另一頭，和自家門牌只差距一百多號，於是花了點心思摸清對方作息，早上抓準時間出門，揹著書包以相同步調沿橋下一前一後地走，看上去像約好了似。久而久之，雖稱不上熟識，也意識到彼此的存在，有時甚至有意無意交換目光。

聖誕節前夕，她終於鼓足勇氣，趁河堤四下無人，將一封以比賽規格擬好的告白信遞交出去，旋即低頭快步離開，留下對方張著白牙，一臉詫異。明知自己並不那麼喜歡他，心臟依舊砰砰地跳，擂鼓著難以言喻的歡欣。畢竟是任何惡劣環境或貧脊土壤都可生存的物種，而以粉筆畫出的地界不僅僅是遊戲，更是規則，那標記了自己名字或代號的格子，誰都不許踩上。隔幾日，對方果真回了卡片，內容極普通，大約是語意疊沓的驚訝及致謝。進到教室，她將那歪歪敧敧署了名的封套，連同早餐似不經意地丟在座位上，佯裝如廁，再回來，便覷見妍霏恨恨盯著課本，抿緊嘴，眼淚就要奪眶。

楊淑敏起身上洗手間，從皮包翻出粉盒補了妝，勾起腳，小心摘下那雙略小的踝靴，小趾和腳跟果然已紅腫破皮。她幽幽歎口氣。女人年近四十，當身上所有繃實的都逐日鬆乏，有些事即便多麼微不足道，彼此挫磨了半輩子卻絲毫不肯寬懈。不過這點皮肉傷算不得什麼，真正的戰役才要開始，人生的中場休息，是為重新武裝好自己。忍痛踩著三吋半細跟回到座位，服務生端來了咖啡。

「人家也好想喝咖啡⋯⋯」

妍霏雙手合十，睜著漫畫裡的水汪汪大眼說。如鞋裡鑽進了一顆石，她心頭微皺。現場似乎正熱議起哺乳的話題，諸如「胸部脹得跟石頭一樣硬」「擠奶擠到烏青」「寶寶一哭奶水就泉湧出」「半夜三點起床餵奶好想死」等血淚辛酸。還未斷奶的毛頭在桌椅間蠕蹭，她漫不經心聽著，一面虛應故事地逗玩。遺傳真是強大，她看著覺得有趣，媽媽長什麼樣，小孩便生成什麼德性，那內建的基因組成幾乎是宿命性決定了個體的一生。明明獃頭憨臉塌鼻闊嘴，旁人依舊善口慈眉誇詡聰明可愛，一如臉書上無論誰貼出了什麼，底下一窩蜂搶按讚，唯恐怠慢。

揀順耳的話說，擇討喜的事做，禮尚往來，誰也不想得罪誰，但內心碎嘴些什麼無人知曉。一個滿嘴巧克力醬的男孩顛晃走來，張手討抱，楊淑敏彎下腰，笑瞇瞇使力握住小鬼臂膀，防止他撲上前。

人母人妻爭相發出共鳴，輻射深廣，從小孩老公、幼兒園教師，乃至公婆小姑、伯叔妯娌，都是生動精彩的談資。她連抱怨的資格和對象都沒有，從限定的話題裡給澈底踢除，乾晾著，彷彿自己是一群母象中生不出孩子的那隻。

她想起更年幼時，身為么女，從小在店門口跂望哥哥們同年紀相仿的鄰居放學後直奔對街中山堂，成群玩作一塊，委實欣羡，自己卻老被視為拖油瓶、牛皮糖，大孩子趁機便甩脫，幾次給放鴿子落單廣場，獨個揉著淚眼抽抽噎噎走回家。待長至八、九歲，終於獲取加入資格，幾個領頭的卻邁往中學階段，像陸續接獲兵單的青春偶像團體，日漸零落，最末只剩自己形單影隻默立薄暮中。於是記憶裡她總一個人扮家家酒，餵藥打針量體溫，分飾數角，長篇自語，在紙娃娃和塑膠玩偶作伴下打發了童年。

卡片事件後，楊淑敏同姊妹們仍往來如昔，沒人深究或揭戳更多。但她知道自己從此成了全班女生的公敵，在另個隱匿起的世界有什麼安靜而徹底的隳壞了。下課時，大夥群聚操場黑板樹下玩跳房子遊戲，自己亦厚著臉加入，她們雖不曾回拒，但唯獨對她的踩線絕不寬貸，鬩鬩攻防，尤為使勁將她推擠出界，甚或有時見她走近，作夥拍拍屁股一哄而散。那時她便聳聳肩，悻悻然拾起地上瓦片，投向白色粉筆框畫的格子，勾起腳在夕陽下兀自跳躑。

自己始終是個局外人，被屏除於那牆手揪緊手的馬纓丹外，走近似乎還嗅覺得到從前被她們稱作「臭金鳳」的嗆刺敵意。不過弱毒也能誘發抗體，對無法攏靠或歸屬任何群體的莫名惶恐，她已逐漸免疫。在一陣母愛噴發的轟炸後，略顯乾澀的空檔，終於有人察覺到什麼，基於彌補將焦點轉向楊淑敏。當出牌權落在手上，她刻意談論起「自己」，暢言近期又飛了哪些國家，跑了幾場影展，聽了什麼音樂會。

「好好喔，單身就是不一樣。」

「不知道幾年沒踏進電影院了？什麼 IMAX 還從沒看過。」

「現在連染個頭髮都抽不出時間，只能放任白髮跑出來見客。」

「好懷念這種放飛的日子吶……」

現場又齊聲附和。她挪挪坐姿，重新挺直背脊。

「那淑敏現在有男友嗎？還是小姑獨處？」當中突然有人問起。

「一定是你標準太高。需不需要幫你物色？有沒有什麼條件？」

「對呀，儘管開出來！」

「我老公有個同事還未婚，是全公司碩果僅存的黃金單身漢，很搶手喔！有興趣嗎？」

大夥擁聚而上，像成群冒出水面巴噠著嘴的鯉魚。落入無盡迴圈似，話題旋又轉回了婚姻。

「哎，不用、不用……」楊淑敏快招架不住，連忙擺擺手：

「其實我沒有結婚的打算。」

她以自己也吃驚的堅定口吻說。單身，也有未婚與不婚之分。

「是喔，所以已經有對象了？」

「交往多久？對方多大年紀？也同意不結婚？」

「那有考慮生小孩嗎？」

「可能我個性比較自我吧。」

即便把自己推至牆角也未能遏止追擊，她索性清清喉嚨，論述起來：

「現在的我是真心享受單身，畢竟傳統婚嫁體制對女方來說太犧牲、太不公平了，與其婚後處處妥協、事事磨合，不如維持現狀。我也不想只因為年紀到了或為了符合社會期待而結婚。這麼說吧，不管有沒有合適的對象，都不一定得結，那只是一個選項。」

語畢，現場片刻啞然。

「欸，你別聽她們瞎講，其實結婚沒那麼糟。」

正方答辯代表宜珮跳出來申論：

「雖然失去一些自由，不過下班有個家可回，有人一起分享或分擔生活大小事，總是比較有安頓感。結婚考量的不是只有愛而已，也有現實面，好像買保單吧，先辛苦一點分期支付，現在覺得犧牲，覺得不重要，以後老了、病了就不一樣，自由會變成孤獨，那時最怕的就是孤獨。」

「說的也是，現實考量也很重要。」

「像我習慣了有人陪伴，已經無法想像一個人生活。」

「有失有得吧……，純粹看個人選擇。」

「對了，你們還記得老姑婆吧？」

「當然。」

「留了兩年馬桶蓋，想忘也忘不了。」

「聽說她後來乳癌復發，提早退休，好像挺嚴重的樣子……」

「是喔，那現在怎樣了？」

「不曉得欸，之前我妹也是在他們同學會上聽來的。」

回應零零落落，眾人似乎再無心深究。楊淑敏心頭微搐，驀地又憶起小學畢業典禮，盛大的會場，在激昂的掌聲與奏樂聲中，當自己風風光光上臺領市長獎，並代表畢業生洋洋灑灑致辭後，回到位子，始終靜靜端坐隔壁席次、盯著活動流程表的妍霏忽轉過臉，向她恭賀似悄聲道：「我希望你沒人愛，一輩子當老姑婆。」那怨詛字字深嵌腦海，像緊箍咒，每隔一段時日腦勺便隱隱脹麻，尤其在與前男友分手後。

念醫學院那幾年，繁重的課業及國考壓力讓她幾近淘空自己，放射物理、放射化學、微積分、解剖學、病理學……，腦袋塞填了艱澀生硬的算式和學名。犧牲享樂，不參與任何社團活動，深夜一個人面壁苦讀，以泡麵果腹，假日也窩身窳陋的宿舍。畢業後進入職場，繼續力爭上游，攫緊每次考核及升遷機會，雖然也認真談過幾段感情，不過皆無疾而終。

「你太要強了。」當中交往五年的前男友如是說：

「在求學和工作上這也許是優點，但感情不是那樣，並非你努力經營就能得到。」

她始終未能解題這席話。

「等下男友會來接你嗎？」有人笑瞇瞇問。

「對呀，今天怎沒帶他一塊來？」

「叫他過來嘛，讓我們看看辣個幸運的男人。」

在同學們不斷慫恿下，楊淑敏只猶豫片刻，頭一回主動發訊息給國小老師，告知自己正和友人餐聚，詢問結束後對方是否有空。她攥著手機盤算，屆時他來，估計只是打個照面，不會有機會開口。

「對了，你們還記得從前十一班有個男生，叫莊志勝？」

開口的是副班長芸欣。說起來，此人大概是班上最擅活用老二哲學的典範——收斂鋒芒，謹守位分，助攻時總能穩穩地托舉球。

「莊志勝……你是說那個棒球隊隊長？」

「是不是高高瘦瘦，很愛喝舒跑？」

「有印象，好像長得還蠻帥的。」

瞬間彷彿回到少女時代，那雙肘拄靠女兒牆上的灼眼長夏，揚起的薄霧沙塵中，一排白衣黑裙、短髮飄飄的女孩們目光全閃爍起來。她手支著下巴，心頭也豁亮。

「沒錯，就是他。前陣子去喝我老公同事的喜酒，竟然遇見他，而且聽說還沒結婚喔！」

「真的？世界也太小。」

「為何沒結婚？」

「那他現在看起來怎樣？」

「就一樣黑黑瘦瘦的，牙齒很白。」芸欣捂著嘴，悄聲說：

「不過可能小時候運動過度的關係吧，感覺畢業後就沒長高，要不是剛好看見他簽名，還沒發現咧！」

「真想不到，以為他會成為國手或去打職棒。」

「記得以前還蠻多女生暗戀他。」

「就是呀，相認的那一刻有夠尷尬，都不知說什麼好。」

「好在當初沒看上他，不然就幻滅了。」

在座全噗嗤笑了。楊淑敏也跟著乾笑。

「啊，我記得那時好像他喜歡的人是……淑敏？」

妍霏擠眉弄眼說。頓時所有目光都射向自己，這記突來的扣殺砸得人腦袋昏花，原本一旁不作聲的她臉煞紅，連忙撇清：

「才不是！沒這回事，我和他根本不熟。」

「咦，我好像也記得這件事。」

「原來那時淑敏異性緣這麼好，還偷偷談戀愛。」

「難怪後來都不跟我們一塊玩了。」

楊淑敏百口莫辯，脹著臉，彷彿愈解釋愈心虛。她低頭啜飲咖啡，手心發汗，趁服務生清拾桌面的空檔，滑開手機，漫不經心打著字。

——出門了嗎？

——快到了，路上有點塞，等我一下。

——這裡不好停車，到門口就通知我。

最後一則訊息久久未讀。她有些坐立難安，不時偷瞄窗外，覺得自己簡直愚不可及。約莫二十分鐘後，手機鈴響，店門口停靠了一臺銀白運動休旅。眾人狐獴樣紛紛探頭。

「咦，來了嗎？」

「叫他進來坐坐再走嘛！」

「下次啦，下次再見，這裡不好停車。」

鼓譟聲中，楊淑敏盡可能從容起身，抓過包包和外套，滿臉堆笑作勢離開。

忽地門口風鈴撞擊，像給摔破了瓷器，室內瞬間鴉默雀靜。只見國小老師踩著灰撲撲的運動鞋，猩猩樣仰顎張望，岔著腿走進店裡。似乎是僅有的體面行頭，他身上竟披掛同件不合身的西裝外套。她背脊發涼，穩著腳跟走上前，幾乎無片刻喘息，一把拽過他頭也不回地離去。

「淑敏好像偏好運動型的男生？」

門掩上之際，果然聽見有人在背後努嘴嚼舌。她感覺自己像碎零一地的風鈴。

薄暮時分，車子路過某小學校門前，停等紅燈。若逢週間，此刻路口肯定風起潮湧……，她想起從前放學，汽機車擠陷窄仄大門，在嘈雜的人聲和糾察隊吹哨聲中，學童們用力揮手互道再見，一波波浪過馬路。這不過是短暫的告別，明日他們還要相逢，且日復一日，她不確定當時候的自己能否感知，人生只是一場徒勞，含沙挾石，沖刷此地沉積彼方，時光推移卻什麼也不曾更易。無論多大年紀，在她們面前自己永恆是十一、二歲時的土煞樣，從未蛻變、長成。

一路上，楊淑敏緊抿雙唇，想到他臉上那抹沾沾自喜的神情，更為受氣。停下奔跑跳躍，腳跟又隱隱脹痛起來，方覺察那折騰，每一步來時路都是艱難。她探手座椅下，輕輕卸去鞋後幫，瞄了眼那皮綻血流的慘況，往前捩捩腳，頓覺鬆口氣。

拚命勾起腳跳躑的自己，終得以放落雙足休憩。她回憶方才的對話情景，反省是否待她們過於小心？想想其實不然，從前她們經常被外人稱許神似姊妹，偶爾連老師也會錯認，那清純細瘦、短髮掛耳的模樣實在高度相像，面對她們時總像照鏡子——正如她待自己向來也冷血苛薄，卻未必沒有愛。

多年過去，同時起跑的這群女孩仍舊繞著操場的PU跑道競逐。有人跑得老遠，有人一度超前，有人上氣不接下氣，或者途中絆跤蹭破了膝蓋皮，但你終究只能爬起，只能靠自己的雙腿繼續向前跑。

「怎麼？」

他探過身問：「受傷了嗎？」

「沒事……」

她縮回腳，轉頭窗外。

「吃過了嗎？」

「嗯。」

當車子行經便利商店，他忽減速，於紅線暫停，逕自下車，幾分鐘後小跑步折返。她又望見對方那副笨拙猩猩樣，不禁闔眼，嗤之以鼻。他鑽進車一屁股坐定，遞給她一盒OK繃。楊淑敏怔了怔，默默接下，好一會只是攥在手裡。

「我不是要責備你喔，」

他一面打著方向盤，叨念：

「實在是搞不懂，你們女生為何老愛把自己的腳弄得傷痕累累？」

回到家，天色已暗，她蹭去高跟鞋，甩掉包包，在未開燈的客廳和衣癱倒沙發上。髮亂了，妝也花了，她靜靜覷著天花板的水晶吊燈，感覺一股深沉倦意襲來。曠野的風終於止靜，此刻她身心俱熄、萬念皆灰，彷彿同一群母獅在泥濘中打了場混仗歸來。

闃黯底，楊淑敏滑開手機，略過跳出的訊息視窗，打開臉書，點閱一則則審查通知。動態時報讓同學會的打卡貼文給塞爆，發亮的螢幕連綴著長串活動集錦——餐廳語笑喧闐、桌面杯盤狼藉、孩童撒潑打滾……，方才的場景又歷歷在目。她一一點開照片，格放，群像中，妍霏始終穩穩立於C位，被擠至邊緣的自己不是眼睫半閉就是臉歪嘴斜的模樣。接著她看見那張時隔近三十年，畢業後唯一的大合照，只見眾人或坐或站挨靠一塊，有的搭肩，有的勾手，有的腋下挾著小孩，紛亂中，一群女人依舊處變不驚，對著鏡頭燦笑如花。

她緩緩闔上眼，腦海又浮現那一牆黃潑潑的馬纓丹，舊花還未謝盡，新花已接力綻放，彷彿搖碎一地的日光，在打了上課鐘的靜謐校園裡兀自乘風嬉鬧。

後記——玻璃眼珠女孩

多年後再見到蔡淑如，她已是風韻熟成的中年女子，裝扮入時，遠遠便微瞇起一雙爍亮的眼，夕暮下燦笑著。

雖說一眼便認出她來，但其實身上可供辨識的特徵幾無一處與往昔相仿——濃豔的妝、披垂大卷髮、鼠灰蓬蓬紗裙、黑菱格小香包……，兩頰瘦削，尤其那不再像受創小獸縮踞眼鏡後，睫毛刷得又濃又翹黑水潭樣的雙瞳，上頭暈開一抹迷霧似的眼妝，霍地撞進我眼底。但究竟為何我仍一眼識認出她？約莫，有什麼像醜皺突起的燙疤深烙靈魂底吧。

她眼帶笑意，說話時略縮著下巴，有意無意揚起一對精緻的尾羽狀眼褶，輕輕搧動。我們相視而坐。嘈雜咖啡館，一旁玻璃窗碎遝的流光緩緩漫動，我把視線自那雙眸挪開，重新校距，盡可能以一種糊焦的禮貌視角概括她整張臉。

「這些年像這樣的傍晚，我經常會想起你。」

她的水晶指彩來回摳磨杯口。深秋，近下午四點鐘，窗外殘陽潮退，底下的路人、行車和店家招牌蒼涼地曝著。對街小學圍牆外，打樁機的聲浪間歇傳盪來，空氣隱隱波動，彷彿來自外太空受太陽黑子干擾的雜訊電波，令我們之間的談話始終有些對不上頻的乾澀。我不知回應什麼好，笑笑捧起杯子啜口咖啡。偶爾我也會想起，縱使已無法勾勒確切面孔，但某些曲徑歧出的時刻，像野鹿誤闖時間的迷霧森林，當我闔上眼皮，那一隻獨特的眼睛就宛如林中夜鴞蒼黃冷利的巨瞳與我對覷，一瞬不瞬，教人畢生難忘。

傍晚中山堂，夕陽擲下一圈圈鎏金光環，我們一叢鄙野的毛頭──大哥、二哥、我、淮棠、阿文、宗穎、阿如和阿珍，汗著炭黑身軀，爪著五顏六色的夾腳拖在廣場上奔逐，啪噠噠響徹建物拱廊。長日將盡，欲墜不墜，一顆暖稠稠的卵黃懸垂天際，彷彿下一秒就要撲通崩落碗中。幾乎可聞見一條街外家裡的煎蛋香，金蘭醬油把蛋皮焦得黑黃酥鹹，大同電鍋剛跳起的白飯飽滿地哈著氣，肚子忍不住咕嚕叫，阿文吆喝著，用手臂揩去一臉煎油，髒兮兮拉出卡其制服褲袋的毛糙襯裡，嘩啦啦掏出一把晶瑩透亮的彈珠。那是我們最末的散場遊戲。

幽靜廊簷下，只有蟬聲一波波鼓譟。大夥湊頭挨肩，小獸樣趴伏涼滑的磨石子地板，瞇起一隻眼瞄校，像自然課上調動星座盤排出夏季大三角或春季大鑽石，煞有介事在地上比劃隱形的幾何線圖，然後屏氣凝神，勾起食指和中指指節，使勁撥射鉗在虎口的母彈——那顆被各自珍視為幸運星的戰神。瞬間，白色粉筆圈裡七彩玻璃珠如星團迸炸，琉光碎濺，輕脆炫亮地四處彈跳、滾散開。

阿如是玩伴中年紀最長的女孩，那時她生得黝黑圓胖，把腰肚上洗到褪色的高飛狗撐得眼凸嘴歪，更顯滑稽可笑。終年一頭短髮鋼絲樣粗硬地塞耳後，臉上架著七先生那兩窎漩渦似的眼鏡，在群體中話少，總默默杵一旁，不自覺微張嘴傻笑，豔陽下曝著一股憨氣和土味。

她左眼嵌著一顆灰白色玻璃珠。那是義眼，起初還嶄新明亮，隨時間磨損，久了漸似一丸灰濁的死魚眼硬塞眼窩裡，使她看上去有幾分怪異，左右不甚協調且目光呆滯。據說大約她三、四年級，和哥哥宗穎玩耍時被他手中的竹蜻蜓不偏不倚命中，當下眼球脫出，被迫摘除。每每同她說話，常不自覺瞅著那隻眼，為內裡色水鮮豔的古銅色虹彩吸引，隔著鏡片試圖看清楚，但不知是視覺暫留或疲勞錯覺，盯久了，中央洞狀瞳孔竟變深邃，彷彿向前長出一條比黑還要黑且不知通往哪的隧道，環狀虹膜則似袖珍的風眼緩緩旋開，幾度我看得出神，目愣口張，直到忽忽警醒，臉上一陣飛紅。

被視作一個眾所周知但心照不宣的祕密，玩伴間不曾觸及或談論關於那「眼球」的來歷，就像與生俱來那樣自然。倒是我腦海常忍不住蹦出某些奇想畫面，比方搞笑節目裡不停抖跳的掉眼珠彈簧眼鏡；白胖眼球擠貢丸一顆顆自虎口暴凸出；鋒利的手術刀開蚵殼活生生將眼珠子剜起……，諸如此類的念頭嗡嗡縈繞，如飛蚊揮之不散。

每每輸到口袋乾癟，一顆珠子不剩，阿如就會使出大絕招。只見她略抬頭，半邊臉頰給烙橘，像遙望夕日那樣伸舉左手探入眼鏡縫，中指拉下眼瞼，拇指和食指掐住眼窩輕輕向內一掐，索利地將左眼珠子拈下。過程中，大夥鴉默雀靜，連隱身椰榆樹叢間十數隻聒噪不休的熊蟬都暫且調降腹部擴音器的聲量。阿如叉開腿蛤蟆蹲，虎口鉗緊那顆略大且黏糊糊的母彈，蹦地彈出……。灰白色眼珠沉沉墜落，在地板上簍簍滾跳幾下，所有藍黃紫青的彈珠宛如遭隕石進擊給轟得暈頭轉向，四面八方退敗。清檯後，她拍拍雙掌拾起眼珠，在一旁水龍頭底下沖了沖，往衣服上抹一抹，又塞回眼窩裡。那無疑是她的幸運戰神。

蟬鳴又炸開，歡聲擂鼓。此刻落日只剩一灘黃漬，背脊上汗水乾了又溼，眼看飯菜就要涼了，大夥悻悻地聳肩，頓如滾散的珠子嘩啦啦往巷尾街頭潰逃。

日後我偶爾會憶起那些黃昏，潑紅夕照下，阿如雙唇歙張的臉上，那隻使勁瞇起的萎皺成一球乾鮑的眼腔組織。初出社會時，有次和同學上戲院看一部賣座的好萊塢海盜歷險電影，當目擊老在海盜頭子身旁打轉的滑稽小嘍囉緊要關頭冷不防掉出眼珠的一幕，頓時心頭微顫，嘴頰抖擻。闃暗底，看戲的人轟地爆出笑聲，爾後那甚至成了片中鍵入式笑點時不時給觸動，我僵坐著，只覺臉煞紅，雙眼泫然。

「那時候，你是我在這世界上唯一的、真正的朋友。」

玻璃窗外，一陣顛盪的打椿聲把人撼醒，阿如話斷斷續續傳來，這句卻格外清晰。她撥了撥散落額前的瀏海，又捲起細長眼尾，像一隻烏秋自霧中陡然躍起，眼角枝葉顫晃。

「只有在你面前，我才覺得自己是蔡淑如。」

「真．正．的．蔡淑如。」她又強調一次。

從小我也隱約意識到，那時候的自己，不知何故但的確擁有某種可以令人卸下面具的特質，彷彿與生俱來的特異功能或催眠幻術，讓對方笑到流淚、掏出箱底的祕密，放鬆地閉上眼睛前行。

「嗯，」我點點頭，說：

「從前那段日子真令人回味。」

那時候的我們常蹲踞「根本文具行」前，珍惜地投下捏在手心幾枚黏糊糊的壹圓硬幣，喀喀轉動門口各式扭糖機，捧食一把五香小豆丁，追著滿地彈珠滾的彩色泡泡糖球，大口咬下甜酸的脆皮，瞬間涎水泛濫，感覺零嘴分量給豆剖美味卻加倍……。

我不禁瞅了瞅那隻眼，已看不出什麼異樣的眼，自心底伸出一隻炭黑小手摸了摸那道醜皺燙疤。

或許那時候的自己就像水，是盛夏光影跳踉的泳池讓人得以攤開手腳漂浮。我忽記起那麼一天，大約暑假吧，和阿如在學校游完泳後，同來時一樣，身穿泳衣、頭戴泳帽蛙鏡，赤腳在校園火燙的水泥地上奔竄，像兩條滑手的鰻，抄捷徑蹭過矮花牆，一路滴滴答答溜回她家。

回到家，兩人鼕鼕爬上三樓，進房後阿如隨即摘下義眼噗通丟進一只水杯，手刀衝進廁所盥洗。我裹著浴巾在外頭等候，百無聊賴地坐在書桌前。燠熱午後，無語的房裡，我目光忍不住落向後方櫥櫃上的印花玻璃杯，發現水鏽斑斑的杯裡，沉在底部那顆半新不舊的眼珠子竟似彈珠汽水周遭窸窸窣窣發著小氣泡，向上浮冒。昏黃光影在水裡流轉，此刻它彷彿有了呼吸和溫度，像養在水族箱裡的一顆螺或蚌蛤，正靜靜地、冰冷地注視著我。

我旋即調開視線，漫不經心翻閱桌面成套的《尼羅河女兒》、《千面女郎》和《凡爾賽玫瑰》漫畫，把玩著小甜甜自動鉛筆盒，以及脫落一隻鈕釦眼睛的布娃娃……，然後下意識探手抽屜，一把拉開。未料那一刻，猶如打開地獄門，嘩啦數十顆晶亮的眼珠四面八方迸散，骨碌碌滾竄，我倏地抽手，往後彈，心臟幾乎蹦出咽喉。待回神，定睛一看，才發現那些不過都是普通的嵌著一道虹膜花紋的彩色彈珠，平時阿如四處征討來的戰利品。

不知是否身上還溼著，我雙臂疙瘩竄起，感覺這房裡似有隻眼睜睜地窺伺，下意識回頭，赫然發現阿如就站在身後，頭髮還淌著水，定定瞅著我。不知何時她已戴上眼睛，在那森黃的瞳膜裡，我似乎看見了自己的身影。

「這些年你過得好嗎？」

我語氣稀鬆地問。那究竟是原本完好如初的蔡淑如，少了顆眼珠子的蔡淑如，還是裝上呆拙義眼的蔡淑如？哪一個才是真正的她？我猶疑。這些年，已數倍於我們相識的年齡，我能感覺身體裡那股流淌的柔炙的熔鐵，經時間鎚擊、延展，與其他元素合金鍛造，漸冷卻後，某些部分從此變得鋼硬，再無法拗折，成了一條筆直前行的軌道，再無法回頭。

「怎麼說？」

阿如微笑，啜了口咖啡，緩緩道：

「簡而言之，兩年前我結了婚，又離了婚。」

「怎麼會？」

我挪動身體，一股焦躁又浮起。雖然並不意外，即便如今她已擁有一雙看似尋常的眼睛。

怎麼說呢……，她敧頭，像檢著精確的字，指尖輕叩杯緣。此刻我忽讀懂那身稍嫌浮誇的裝扮——蓬蓬紗裙、濃俏眼睫和大波浪卷髮，原來都透著幾分 COS 漫畫的意味。

「我想，大概是因為我們兩個終究無法正視真正的彼此吧。」

我怔望桌上透亮的水杯，像一紙裁下的薄暮，水裡泛著昏黃波光，彷彿有時間在那轉悠，徘徊不去。曾經某個午日我獨個在家，悶得慌，不知打哪掉下靈感，自藥箱翻出消毒紗布和膠帶，像剛動完針眼手術將左眼封印起來。一塊烏雲遮罩，世界頓時黑了半邊，我伸舉手拖蹭地走，發覺獨眼的視角很是彆扭，非但距離給拗曲，眼前景物全讓變焦鏡頭不斷向後推遠，空間也鬆動起來，桌椅傢俱看似沙漠裡的上蜃幻景，走起路雖不致撞跌，雙腳卻陷於軟塌中，無以踏實。

「偷偷跟你說喔，」

另一尋常午日，悶燥的客廳，阿如驀地自漫畫堆中抬起眼，目光彷彿透視一切，望著不知名的遠方，說：

「我看得見別人看不見的東西。」

「真的？」

我瞅了瞅那顆死氣沉沉、無法旋動的眼珠，心想莫非那即是世人所謂的「陰陽眼」？

「真的。我看得見還沒發生的事，和已經發生過的事。」

「比方說什麼？」

「比方說……你以後的先生長什麼樣。」

這倒讓我雙眼發亮，自半癱狀態霍地翻身坐起。除了暗示我未來丈夫是個「穿白袍、開著白色轎車的紳士」，阿如還洩露了許多「不可洩露的天機」，比方某次月考我把小抄貼在鉛筆盒夾層底部，前幾天同二哥拿不求人從床縫耙出七塊錢，十二歲的生日蛋糕是綜合冰淇淋口味，國二才初經來潮……，諸如此類細思極恐的既視或預知，一副神算靈媒樣，彷彿那些時刻她就站在我身側，斜睨著一隻無法聚焦的眼，神祕兮兮說。

那會是一顆水晶球微縮的魔幻眼球嗎？當時我半信半疑。不過那獨自在家的午日，我倒也發現，世界其實仍完好如初，既無黯滅也無塌毀，只是攲斜了、彆扭了，讀起來變得吃力而已，我如此安慰自己。矇住一隻眼的我並未見著什麼不尋常的事物，過去或未來的，正如長大後我也沒真嫁給醫師。

「你覺不覺得人生裡的一切，包括人與人的關係，比我們想像中都更脆弱一些。」

阿如瞇眼望向對街熙來攘往的人群，淡淡說：

「有些東西不小心碎掉了就沒有了，永遠不再。」

我低垂眼，手指輕拭桌面水漬。似乎每個人對阿如都有那麼些愧歉，以致無法長久直視那隻眼睛，彷彿多少該為她的不幸負點責任，尤其是她哥哥。

蔡宗穎長我四歲，和我大哥同年，是個結實精壯的大塊頭，因家中開傢俱店，豔日下總見他腳跨馬步，臉憋成紅龜，在貨車車斗上搬挪山重的沙發櫥櫃，汗如雨。他是個樸拙的人，像一棵粗勇宜雕製佛像或傢俱的臺灣櫸扎根於生活，風櫛雨沐也無怨尤，時常玩興正濃，大人一聲召喚，他只無奈地聳聳肩，旋即轉回店裡幫忙，片刻不敢耽擱。宗穎同阿如一樣不多話，但笑聲直爽，胸膛似山谷深壑回音朗朗，不過我也發現，每當他開懷笑，眼角餘光總下意識飄向阿如，若見她板著臉，下秒便收緊音量，斂起笑容。

一回玩伴間為了遊戲規則僵持不下，最後商定以投票表決，結果瓜擘兩半，阿如和宗穎恰對峙兩端。雙方拉鋸著，吵嚷間，氣急敗壞的阿如忽瞠大那顆灰涼的眼珠惡狠狠瞪視她哥，任誰都感覺到那空洞無神的瞳仁裡此刻卻溢滿了怨。只見宗穎一臉驚愣，半晌，像鬥敗的公雞垂下眼，鉗口無語。

「阿珍和宗穎哥呢？小孩都大了吧？」

我探問。可想而知，他是那種依順父母之意早早成家繼業過平凡生活的人。

「阿珍早嫁人了，定居臺中，生了一兒一女。」

「我哥他沒結婚，不過好像曾經有個論及婚嫁的女友。現在爸媽年紀大了，店裡生意由他接手。」

「至於我，離婚後又搬回家，和以前一樣住三樓。」

這樣啊……，我喃喃應著，不禁又回憶起傍晚的頂樓房間，空氣中光塵浮懸，五斗櫃上，沉在印花水杯底那發著氣泡靜靜吐納的眼珠，想像每天入夜後，拈下的眼珠子便這麼給噗通丟進一杯冷開水或消毒水中，在闃寂夜裡，兀自圓睜睜，孤零零，一眨不眨地俯瞰這世界。

嘈雜的施工聲再度打斷了思緒，像黑膠唱片上永久的傷痕發出週期性雜訊，一再磨刮我們的對話與記憶。記憶的根基持續鬆動，不斷拆毀、重建，再朽敗破落，每一次記憶都在重塑已不存在的記憶，我意識到，這過程裡自己似乎漸漏失什麼，像給封起的一隻眼或一扇門，某種特異功能已然悄悄閉合，再也推不開。過去決定了我們是誰，在某個層面上，我們或多或少都背棄了阿如，狠心摳除身上一紙粗醜的瘡痂，紛紛自童年中長成、出走，不再漫無目的地奔逐，從此是再不相干的人生，自顧自離去。我為此覺得有些愧歉，並為自己的愧歉而愧歉。

好一會，我們各自靜默。她又轉頭窗外，睨向對街。不知何時校門已敞開，一狗票放學的小學生像被什麼追趕似，也像追趕天邊那抹尚未給擦去的殘陽，揹著書包水壺嘩啦啦奔逃過街。我莫名眼熱了起來，啊，那顆蒼涼的玻璃眼珠，真是教人懷念。

阿如此刻空洞的遙望眼神同樣令我想念，彷彿遠方懸著一座光島或不明星體墜燃的幻麗風景，唯有她能觀見和感應。那眼珠也會流淚嗎？我曾疑惑。我目睹阿如哭過一次。那是我中年級、她已高年級時，不知風向從何而起，其他不同掛的鄰街小孩開始起鬨，以戲謔阿如為樂，指稱她暗戀我大哥。蔡╳如愛李╳樟，連學校圍牆都讓人用紅磚歪歪扭扭刻上。某天和她並肩走在街上，幾個臭男生見狀像發情的公狗興勃勃躥出，吠叫著：

「女生愛男生，噗哈哈——」

阿如置若罔聞，目不斜視快步走過。不知是否眼傷的緣故，她似乎不太懂得捏拿人與人的分際，也沒能精準掌握周遭情勢，因此總無法以適當情緒對應。

「笑屁？」

我駐足，轉頭怒視敵方。

「你幹嘛。」

她拉拉我衣袖，咕噥著。

至今我印象仍極為深刻，那日夕陽莫名渾圓巨碩，柿餅樣沉沉滾落地平線，幾乎連貼著路面，前所未見距我們那樣近，又那樣暖，此後也不曾再見過，彷彿就在巷尾盡頭，像外星人登陸地球把整條巷衖給潑橘，抖開一道狹長的光廊，讓人不住直往前走，再往前走，卻怎樣也無法更企及那巨日一步……。我們便這麼在夕暮下沉默地走，兩條鬼影似，沉默地返回她家，上樓，縮踞角落各看各的漫畫。一個下午過去，我陰翳散盡，樂呵呵抬頭掞懶腰，卻驀地瞥見，埋首書堆的阿如厚重鏡片下一隻眼角無聲淌著淚，已取下義眼的那隻則黑洞洞敞著，竟那樣相似漫畫裡一窟給轟炸過的死絕的廢墟。

「走，」

忘了是我還阿如提議，或其實誰都沒說出口：

「我們走到夕陽那裡去。」

阿如望著窗外看得出神，一瞬不瞬，讓我得以放膽注視，並暗自驚嘆現代醫療技術的躍進。無論是色層紋理一致的虹彩，發散自然光澤及溼潤感的鞏膜（上頭且精細分布著血絲），以及整顆可靈活轉動的眼珠，都應是歷經無數次精密手術造就。那究竟是哪一隻眼……左眼？又好像右眼？我竟一時迷惘起來，不過只要再細瞧進去，仍可看出它終究缺少了「眼波」流轉，某種不具形卻實際存在，所謂靈魂之屬的東西。

窗外夕陽又往後撤退一大步，記憶潮落，只殘剩破脆的浪花，但終有一日，在毫無防備的時刻它便又猛乍湧現，一如那深闃抽屜裡轟然迸散的眼珠。彷彿阿如無時無刻就站在我身後。

路上學童漸稀疏，三三兩兩像四處彈開的玻璃彈珠。聽說後來中山堂機關裁撤，內部拆遷，有著白色拱廊車寄的歷史建物廢置，廣場劃歸隔壁國小校地，不知豔日下，那棵毫無節制雜生狂長的椰榆是否仍安在？遊戲散場了，我耳畔忽又湧起那些年夏天，那滿枝椏聒噪熊蟬的浪鳴嘶叫。

「你哥現在怎樣了？」

阿如想起什麼似，轉頭問。

「他結婚了，也有兩個小孩。」

我不假思索地說。她點頭，嘴角微揞，露出一抹蒼白笑容。

我喝下最後一口酸涼的咖啡。每個人都曾像一顆彈珠那樣飽滿明亮，在陽光下流離絢轉，我忽忽想到，也許阿如未曾憑空編造，她所預見的那些景象都真確存在過，一如平行宇宙，一株繁密歧岔的樹，全縮合在那顆眼珠子裡，一顆存在於光年外，已然隕滅卻仍熠熠爍動的星體。

聯合文叢 759

散場遊戲

作　　者／李芙萱
發 行 人／張寶琴

總 編 輯／周昭翡
主　　編／蕭仁豪
資深編輯／林劭璜
編　　輯／劉倍佐
資深美編／戴榮芝
業務部總經理／李文吉
發行助理／詹益炫
財 務 部／趙玉瑩　韋秀英
人事行政組／李懷瑩
版權管理／蕭仁豪

法律顧問／理律法律事務所
陳長文律師、蔣大中律師

出 版 者／聯合文學出版社股份有限公司
地　　址／(110)臺北市基隆路一段 178 號 10 樓
電　　話／(02)27666759 轉 5107
傳　　真／(02)27567914
郵撥帳號／17623526 聯合文學出版社股份有限公司
登 記 證／行政院新聞局局版臺業字第 6109 號
網　　址／http://unitas.udngroup.com.tw
E-mail:unitas@udngroup.com.tw

印 刷 廠／約書亞創藝有限公司
總 經 銷／聯合發行股份有限公司
地　　址／(231)新北市新店區寶橋路235巷6弄6號2樓
電　　話／(02)29178022

出版日期／2024 年 11 月　初版
定　　價／380 元

國|藝|會 NCAF 本書獲財團法人國家文化藝術基金會創作補助

ISBN 978-986-323-647-4（平裝）

國家圖書館出版品預行編目資料

散場遊戲 / 李芙萱著 . -- 初版 . - 臺北市：
聯合文學出版社股份有限公司 , 2024.11
252 面；14.8×21 公分 . --（聯合文叢；759）

ISBN 978-986-323-647-4（平裝）

863.57 113017124